수상한 친구들

수상한 친구들

청소년 성장소설 십대들의 힐링캠프, 긍정(초등고학년)

[십대들의 힐링캠프®] 시리즈 NO.44

지은이 | 전상현
발행인 | 김경아

2022년 4월 19일 1판 1쇄 발행
2022년 11월 13일 1판 2쇄 발행(총 3,000부 발행)

이 책을 만든 사람들
책임 기획 | 김경아
기획 | 김효정
북 디자인 | KHJ북디자인
표지 삽화 | 송진욱
본문 삽화 | 황토현
교정 교열 | 주경숙
경영 지원 | 홍종남

이 책을 함께 만든 사람들
종이 | 제이피씨 정동수·정충엽
제작 및 인쇄 | 천일문화사 유재상

청소년 기획위원
정가인, 양태훈, 양재욱

펴낸곳 | 행복한나무
출판등록 | 2007년 3월 7일. 제 2007-5호
주소 | 경기도 남양주시 도농로 34, 301동 301호(다산동, 플루리움)
전화 | 02) 322-3856 팩스 | 02) 322-3857
홈페이지 | www.ihappytree.com
도서 문의(출판사 e-mail) | e21chope@daum.net
내용 문의(지은이 e-mail) | elshadai1961@gmail.com
※ 이 책을 읽다가 궁금한 점이 있을 때는 지은이 e-mail을 이용해 주세요.

ⓒ 전상현, 2022
ISBN 979-11-88758-45-6
"행복한나무" 도서번호 : 146

수상한 친구들

| 전상현 지음 |

엄마가 죽던 날

엄마가 죽었다. 나는 혼자 남겨졌다.

오늘 오후 엄마가 죽었다. 오후 1시에 죽었다는 소식을 들었으
니 엄마가 죽은 시간은 오전일 확률이 높다. 오전인지 오후인지
는 중요하지 않다. 그저 나한테 엄마는 오늘 죽은 거다. 어제, 엄
마는 삼계탕을 만들어주셨다. 뜨거운 냄비 앞에 한참을 서 있던
엄마는 먹음직스러운 닭 한 마리를 내 앞에 놓아주셨다. 삼계탕
보다 양념치킨이었으면 더 좋았을 테지만, 엄마가 만든 삼계탕
맛이 일품인 것을 알기에 기분은 좋았다. 역시 입에 들어간 보들
보들한 닭다리가 금세 녹아서 목구멍으로 넘어갔다.

"엄마는 안 드세요?"

"엄마는 삼계탕 끓이면서 먹었어. 아들 많이 먹으렴."

엄마가 먹었다고 하길래 정말 그런 줄 알았다. 그래서 내 밥그릇에 수북이 쌓여 있는 닭고기를 나 혼자 맛있게 먹었다. 엄마는 그런 내 모습을 보며 미소 짓고 있었다. 엄마는 삼계탕을 먹지 않으며 웃고 있었고, 나는 웃지 않고 삼계탕을 맛있게 먹고 있었다. 똑같은 음식을 앞에 두고 엄마와 내 모습은 서로 달랐다. 다른 것은 음식만이 아니었다. 오늘 엄마는 죽었고, 나는 살아있다.

폭풍 같은 며칠이 지났다. 눈을 떴을 때 집 안은 바퀴벌레 한 마리 느껴지지 않을 정도로 조용했다. 달그락달그락 설거지하는 소리도 들리지 않았고, 드라이어로 젖은 머리를 말리는 소리도 들리지 않았다.

"동철이 일어났니?"

누가 나를 불렀다. 어제부터 형은 다시 일하러 갔다. 엄마는 이제 여기 없으니 일하러 간 형을 빼면 이 집에 있는 건 나뿐이다. 그러니 누가 내 이름을 부를 수는 없다.

"누구세요?"

깜짝 놀란 나는 토끼 눈을 하고 목소리가 들려오는 곳을 쳐다보았다. 어디선가 들려오는 낯선 목소리에 놀란 것이다. 주방에 반쯤 가려진 얼굴이 슬며시 나를 쳐다본다. 할머니였다.

"동철이 일어났구나. 이제 모두 끝났단다."

할머니는 희미하게 미소 지으며 말했지만 나는 그 말을 듣지 못한 척했다.

"엄마는 아주 먼 곳으로 떠났어. 이제 다시는 동철이 옆으로 돌아오지 못할 거야."

할머니가 말하지 않아도 알고 있다. 엄마는 우리나라와 반대편에 있는 미국이나 영국으로 떠난 게 아니라 죽었다는 것을. 비행기를 타고 갈 수도 없고, 우주선을 타도 엄마를 만날 수 없다는 것을 나도 안다.

사람들이 엄마를 네모난 관에 넣었다. 그리고 외삼촌, 이모부들이 관을 들더니 차에 실었다. 관을 실은 차는 낯익은 길로 들어섰다. 우리 동네였다. 차는 길을 따라 천천히 슈퍼, 문방구, 옷가게를 거쳐 마지막으로 우리 집 앞에 잠시 섰다. 차는 비상등을 켜고 천천히 움직이지만 아무도 뒤에서 빵빵대지 않는다. 조용히 기다려주거나 아니면 먼저 앞질러 간다. 관을 실은 차는 한참을 달렸다. 그곳은 사방이 무덤으로 가득했다. 사람들이 엄마가 담긴 관을 차에서 꺼내 땅에 묻었다. 이곳저곳에서 울음소리와 눈물 섞인 목소리가 들린다. 어린 동철이는 어떻게 사냐고, 혼자 그렇게 먼저 가면 어떡하냐고.

엄마를 땅에 묻고 돌아오는 차 안은 조용했다. 아무도 먼저 말을 하지 않았고 웃지도 않았다. 나를 쳐다볼 때면 사람들은 눈물부터 흘렸다. 할머니 집에 며칠 머무는 동안 사람들은 모두 나에게 잘해주었다. 하지만 엄마가 죽었다는 것을 말해주는 사람은 한 명도 없었다. 죽음이라는 말을 꺼내는 것이 금지어가 된 것처럼 보였다.

우리 집에서 1주일간 머물던 할머니도 시골로 내려가셨다. 할머니는 형의 손을 잡고 동철이를 잘 보살피라고 신신당부하셨다. 그리고 한참을 우셨다. 집은 조용해졌고 텔레비전 소리만 크게 들릴 뿐이다. 일하러 간 형이 일찍 집에 오면 좋겠지만 매일 그럴 수는 없다는 걸 안다. 형이 늦게까지 일하면 더 많은 돈을 번다는 것을 이제 나는 안다. 학교 갔다 집에 돌아오면 형이 돌아올 때까지 혼자 기다렸다.

"잘됐어! 그렇게 힘들다고 하더니 잘 갔다, 뭐."

아무도 없는 집 안에서 소리쳤다. 형과 어린 나만 남겨두고 혼자 떠나다니 엄마는 너무 나빴다. 형은 아무것도 할 줄 모른다. 엄마가 자주 해주던 콩나물무침을 만들 줄도 모르고, 달걀 프라이를 반숙으로 만드는 것도 번번이 실패한다. 엄마는 형에게 이런 것들을 가르쳐주지 않았다. 갑자기 죽어서 알려줄 시간도 없었다. 한 번씩 할머니가 가져오는 반찬은 먹을 만했지만, 형이 해주는 음식은 정말 최악이었다. 슬슬 짜증이 났지만 다른 방법이 없다. 엄마는 형에게 콩나물무침에 어떤 재료가 들어가야 하는지, 달걀 프라이를 반숙으로 만들려면 달걀을 언제 뒤집어야 하는지 가르쳐줬어야 했다.

형도 아직 스물한 살밖에 되지 않았다. 내가 봐도 어리다. 일하며 돈은 벌고 있지만 나와 크게 다르지 않다. 어떨 때는 나보다 더 동생 같을 때도 있다. 엄마가 죽고 나니 그런 형이 나를 책임져야 하는 가장이 되었다. 형에게 내가 있어 그나마 다행이다. 형은, 엄마가 담긴 관을 땅에 묻을 때도 많이 울지 않았다. 이모들은 목놓아 울었는데 형은 소리 없이 눈물만 계속해서 흘릴 뿐이었다. 나는 이모들처럼 큰 소리로 울었다.

엄마가 죽은 지 2주가 지났다. 밥맛도 별로 없고, 일찍 잠자고 싶지도 않다. 밤늦게까지 멍하니 텔레비전 보는 날이 많아졌고, 잠을 잘 때도 집 안 전등은 끄지 않았다. 그렇게 해야 엄마가 죽었다는 것을 조금이나마 잊을 수가 있었다. 2주 동안 엄마를 한 번도 보지 못했다. 엄마가 죽었으니 당연하다. 엄마의 얼굴보다 더 먼저 사라지고 있는 것이 있다. 바로 엄마 냄새다. 엄마 냄새가 조금씩 옅어진다. 잊지 않고 싶은데 엄마 냄새가 점점 사라진다.

할머니 집에 있는 동안 이모들이 옷, 화장품 등 엄마와 관련된 것들을 모두 치웠다. 남은 거라곤 엄마의 사진 한 장과 티셔츠 한 장뿐이다. 엄마 냄새로 가득했던 집 안은 엄마가 쓰던 것들이 사라지면서 냄새도 함께 사라졌다. 엄마 냄새가 사라지지 않게 하려고 창문을 꼭꼭 닫아보지만 소용없다. 빈틈 사이로 엄마 냄새가 빠져나가는 걸까? 밤늦게 집에 들어온 형은 집 안이 왜 이렇게 덥냐며 투덜댄다. 나는 아무 말도 하지 않고 잠든 척한다. 엄마 냄새가 사라지는 것이 싫어서 방문을 다 닫았다고 말하고 싶지만 입을 꾹 닫았다.

씩씩해 보이는 형이 혼자 우는 것을 보았다. 물론, 형에게는 말하지 않았다. 형은 내 앞에서 눈물을 보이는 걸 좋아하지 않는다. 일주일 전에도 보았고, 어젯밤에도 보았다. 하지만 모르는 척했다. 엄마 냄새가 사라지지 않게 하려고 방문을 닫았다고 하면 형은 또 밤에 혼자 울게 뻔하다. 그래서 말하지 않았다. 그건 아주 잘한 결정이었다. 엄마 때문에 우는 것은 나 혼자면 충분하다.

엄마가 보고 싶을 때면 엄마가 입던 티셔츠를 꺼낸다. 티셔츠에는 아직도 엄마 냄새가 남아있다. 티셔츠에 코를 박고 킁킁 엄마 냄새를 맡고 있으면 엄마 목소리가 들려온다.

"아들, 밥은 잘 먹고 다니지? 엄마가 많이 사랑하는 거 알지?"

티셔츠 냄새를 맡는 동안에는 엄마가 나를 안아줄 때의 따스함이 느껴진다. 엄마의 티셔츠가 이 집에 있는 한 엄마와 항상 함께 있는 것이다. 엄마 냄새가 여전히 내 옆에 있으니까. 아침에 엄마 냄새를 맡고 학교에 가면 더 웃음이 나고 힘이 솟는다. 친구들과 즐겁게 놀고 공부도 열심히 한다. 하지만 오후가 될수록 엄마 냄새가 사라지는 것을 느낀다. 힘이 없어지고 짜증이 난다. 빨리 집에 가서 엄마 냄새를 맡고 싶다.

요즘 들어 걱정이 하나 생겼다. 티셔츠에 남아있는 엄마 냄새도 조금씩 사라지고 있었기 때문이다. 엄마 냄새가 사라질까 봐 빨래도 하지 않고 옷걸이에 예쁘게 걸어놨었다. 그런데 어느 순간부터 냄새가 조금씩 옅어지기 시작했다. 엄마가 떠난 지 몇 주 지나지도 않았는데 엄마 냄새가 이렇게 빨리 사라지고 있다니 슬프기도 하고 화도 난다. 좋은 생각이 하나 떠올랐다. 엄마 냄새가 더 사라지기 전에 내 몸에 남겨놓아야지. 티셔츠를 입고 살이 닿는 이곳저곳을 꾹꾹 눌렀다. 엄마 냄새를 내 몸 구석구석에 남겨놓기 위해서다.

아침에 눈을 뜨니 엄마 티셔츠가 빨래걸이에 걸려있다. 아직 엄마 냄새가 내 몸에 다 배지도 않았는데 말이다. 아무도 엄마 티셔츠를 만지지 못하도록 옷장 구석에 넣어놨는데 어떻게 이게 빨래걸이에 있는지 도무지 알 수 없다. 분명 범인은 형이다. 이런 일을 할 사람은 형밖에 없다.

"엄마 티셔츠를 왜 빨아! 아직 엄마 냄새가 남아있었단 말이야!"

화를 내며 큰 소리로 형에게 덤벼들었다. 형에게 말하면 할수록 눈물이 났다. 눈물 때문에 제대로 말을 할 수가 없었다. 슬프고 화가 났다. 형은 아무 말도 하지 않고 내가 하는 말을 모두 듣고만 있었다. 조금 조용해지자 형은 내 어깨에 살며시 손을 올려놓았다. 그리곤 한참 동안 내 얼굴을 바라보았다.

"동철아, 엄마는 항상 우리 곁에 계실 거야. 절대로 우리를 떠나지 않아."

형은 나보다 더 힘이 세고 똑똑하다. 아는 것도 많고 말도 잘한다. 그런 형이 말했으니까 맞는 말일 것이다. 엄마가 내 옆에 있다고는 하지만 내 눈에 보이지 않는 것은 사실이다. 이제 몇 주밖에 지나지 않았는데 엄마 모습이 또렷하게 생각나지 않는다.

한 달 뒤에는, 6개월 뒤에는, 1년 뒤에는…….

엄마의 모습이 더 흐릿해질 것이다. 엄마를 완전히 잊어버리게 될까 봐 무섭고 슬프다. 킁킁대며 엄마의 냄새를 맡는다. 티셔츠에 코를 박고 냄새를 코로 빨아들인다. 그러면 엄마가 내 옆에 있는 것 같다. 흐릿해진 엄마의 모습이 또렷하게 생각난다.

엄마는 죽어도 일상은 바뀌지 않았다. 형은 아침 일찍 일하러 가서 밤늦게 돌아오고, 나는 학교에 간다. 아무도 없는 집의 초인종을 누른다. 그래도 환하게 불이 켜있어서 다행이다. 밤늦게까지 텔레비전은 혼자 떠든다. 엄마 냄새가 사라진 것 말고는 바뀐 건 없다. 슬프지만 울지 않았다.

엄마의 티셔츠를 안고 눈을 감았다.

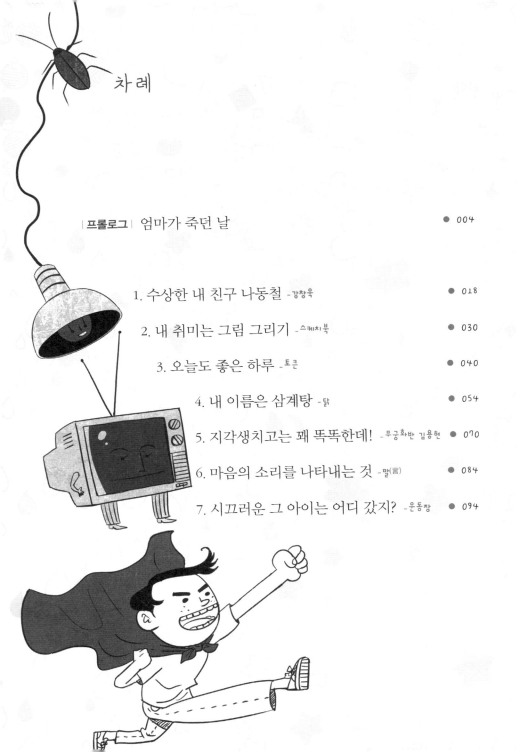

차 례

등장인물 소개

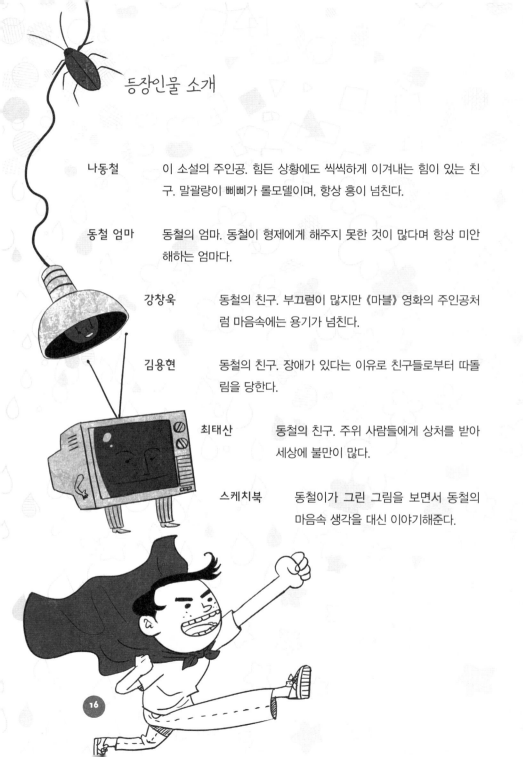

나동철   이 소설의 주인공. 힘든 상황에도 씩씩하게 이겨내는 힘이 있는 친구. 말괄량이 삐삐가 롤모델이며, 항상 흥이 넘친다.

동철 엄마   동철의 엄마. 동철이 형제에게 해주지 못한 것이 많다며 항상 미안해하는 엄마다.

강창욱   동철의 친구. 부끄럼이 많지만 《마블》 영화의 주인공처럼 마음속에는 용기가 넘친다.

김용현   동철의 친구. 장애가 있다는 이유로 친구들로부터 따돌림을 당한다.

최태산   동철의 친구. 주위 사람들에게 상처를 받아 세상에 불만이 많다.

스케치북   동철이가 그린 그림을 보면서 동철의 마음속 생각을 대신 이야기해준다.

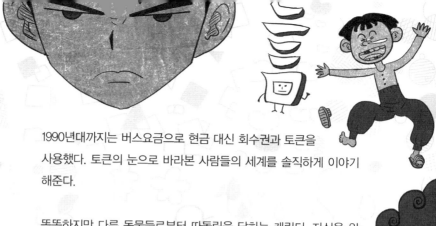

토큰 1990년대까지는 버스요금으로 현금 대신 회수권과 토큰을 사용했다. 토큰의 눈으로 바라본 사람들의 세계를 솔직하게 이야기 해준다.

닭 똑똑하지만 다른 동물들로부터 따돌림을 당하는 캐릭터. 자식을 위하는 동철 엄마를 이해하지 못한다.

말(름) 생각이나 느낌을 표현하고 전달하는 데 쓰이는 소리 기호. 자신이 제멋대로 사용되는 것에 분노하면서도, 동철이를 보면서 한 번 더 참아보기로 마음먹는다.

운동장 동철이가 다니는 학교의 운동장. 90년 동안 아이들을 지켜보면서 아이들 한 명 한 명에 대한 애정으로 가득하다.

전등 동철이네 집 거실을 비추는 전등. 집을 치우지 않는 동철이와 동철이 형에게 화가 잔뜩 나 있다.

텔레비전 동철이네 집의 텔레비전. 밤새 화면을 켜놓는 동철이가 못마땅하다.

바퀴벌레 동철이네 집에서 사는 바퀴벌레. 200여 마리가 넘는 바퀴벌레 가족의 가장으로서 가족의 모든 것을 책임지고 있다.

매트리스 동철이 방의 침대 매트리스. 여름인데도 시원한 이불로 갈아주지 않아 불만이 많다.

1

수상한 내 친구 나동철

| 서술자 | **강창욱**

| 등장인물 | **강창욱, 나동철**

철판, 나동철!
운동회 이후로 동철이는 자기 이름보다 '철판'이라는
별명으로 더 많이 불렸다. 동철이도 그 별명을 크게
싫어하지는 않는 것 같았다.

"이겨라! 이겨라!"

오늘은 기다리던 운동회날. 운동장 구석구석 응원 소리가 메아리친다. 응원 소리를 자세히 들어보니 유난히 크게 들리는 목소리의 주인공이 누군지 알 것 같다.

나. 동. 철.

우리 반 부반장이자 가장 큰 목소리로 응원하고 있는 우리 반 응원단장이다.

"우리 반 응원단장은 누가 하면 좋을까?"

운동회 1주일 전, 선생님은 우리에게 물어보셨다. 응원단장은 운동회의 분위기를 이끌어 가는 가장 중요한 역할이다. 따라서 누구를 학급 응원단장으로 뽑느냐에 따라 운동회 분위기가 완전히 달라진다는 걸 우리 모두 알고 있었다.

"나동철!"
"나동철이요!"

우리는 누구랄 것도 없이 한목소리로 동철이의 이름을 외친다. 어느새 교실은 동철이를 환호하는 목소리로 가득 찼다.

"나동철!"
"나동철!"

내 친구 동철이는 우리 반을 대표하는 응원단장으로 손색이 없다. 얼마 전 아빠와 야구장에 갔을 때 관중석 앞에서 호루라기를 불며 응원하는 응원단장 아저씨를 본 적이 있다. 그 아저씨는 야구 경기가 끝날 때까지 계속 호루라기를 불며 소리를 지르고 몸을 움직였다. 마치 내 친구 동철이를 보는 것 같았다. 그렇게 동철이는 친구들의 전폭적인 지지를 받으며 우리 반을 대표하는 응원단장이 되었다.

　나와 동철이는 초등학교 5학년 때부터 같은 반이었다. 하지만 활발한 동철이는 조용히 지내는 나와는 그리 친하지 않았다.

　"인국아, 너 몇 반 됐어?"
　"창욱이 너는?"
　"나는 3반. 너는?"
　"나는 4반. 창현이는 6반이고, 욱이는 1반."

　망했다. 나와 친한 친구들이 모두 다른 반이 되었다. 운이 없어도 지지리 없다. 어떻게 한 명도 같은 반이 되지 못했을까? 친한 친구 한 명 없이 6학년을 시작한다는 것이 떨리기도 하고 두렵기도 했다. 어렵게 사귄 친구들이었는데 친구를 새로 사귀어야 한다고 생각하니 한숨부터 나온다. 금방 처음 보는 친구들과 이야기하고 같이 노는 애들을 보면 그저 놀랍기만 하다. 인국이, 창현이, 욱이와 친해지는 과정이 얼마나 힘들었는데. 그걸 또 해야 한다고 생각하니 앞이 막막하다.

　6학년이 되어 조용히 교실에 앉아있었다. 낯선 친구들에게 말을 거는 것보다 이렇게 가만히 있는 게 더 마음이 편하다. 며칠 동안 조용히 있던 내게 먼저 말을 걸어준 친구가 있었다. 그게 동철이다. 그렇게 우리는 자연스럽게 가까워졌다. 동철이는 항상 밝고 긍정적이고 적극적이었다. 처음 만나는 친구에게 먼저 다가가 인사하고 말을 걸었다. 동철이를 모르는 사람이 이 광경을 보았다면 서로 잘 아는 사이라고 생각했을 것이다.

"동철아, 학교 끝나고 우리 집에 놀러 갈래?"
"오케이! 창욱이 네가 원한다면!"

유쾌한 동철이는 별 고민 없이 웃으면서 대답한다. 동철이와 집에서 라면을 끓여 먹고, 함께 숙제도 하고 싶었다. 동철이가 어떤 성격인지, 가정형편은 어떤지 등 엄마한테 동철이 이야기를 해준 적이 있다. 나도 정확히 동철이가 어떤 가정환경에서 살고 있는지 잘 알지는 못한다. 하지만 동철이가 말하길 자기 아빠는 4학년 때 돌아가셨고, 지금은 엄마랑 형이랑 작은 집에서 살고 있으며, 엄마와 형은 일하느라 집에 늦게 들어온다고 했다. 이런 심각한 이야기를 많은 친구 앞에서 스스럼없이, 그것도 웃으며 이야기하는 동철이가 놀라웠다. 동철이 가정환경을 알고 있던 엄마는, 오늘 실제로 본 동철이의 밝은 모습과 예의 바른 행동에 동철이를 더 기특해하셨다.

동철이는 공부도 잘하는 편이다. 내가 수학 문제를 잘 풀지 못하면 알기 쉽게 설명도 해주었다. 모둠활동을 할 때도 동철이는 항상 앞장서서 모둠의 분위기를 즐겁게 이끌었다. 그래서 모든 친구가 동철이와 함께 모둠활동을 하고 싶어 한다. 친구들에게 친절하게 설명하고, 적극적으로 모둠활동에 참여하고, 웃기기까지 하니 좋아하지 않을 수가 없었다. 나도 그런 동철이가 좋았고, 우리 반을 대표하는 응원단장으로 손색없다고 확신했다.

드디어 기다리던 운동회날이 되었다. 각자 반을 대표하는 응원단장들이 모두 앞으로 나왔다. 누가 응원단장으로 나왔는지 찬찬히 살펴보니 그 반에서 가장 인기 있고, 말 잘하고, 재미있는 친구들이었다. 앞에 나온 응원단장들의 어깨에 한껏 힘이 들어가 있다. 하지만 우리 반 동철이와 비교할 만한 친구는 없었다. 동철이의 손짓 하나, 말 한마디에 우리 반은 하나처럼 움직였다. 동철이가 외치라면 외치고, 노래 부르라면 한목소리로 노래 부르고, 일어서라면 일어서고, 앉으라면 앉았다. 카드섹션도 이것처럼 딱딱맞아떨어지지는 않을 것이고, 어떤 아이돌 그룹의 군무도 이보다 더 절도 있진 않을 것이다. 단순한 응원이 아니라 콘서트의 한 장면 같았다.

지칠 만도 한데 동철이는 우리 반이 참가하는 모든 경기가 끝날 때까지 자리에 앉는 법이 없었다. 이렇게나 많은 친구 앞에 서는 게 부끄러울 수도 있을 텐데 운동회가 끝날 때까지 단 한 번도 응원을 멈추지 않았다.

"쟤는 앞에서 저러는 게 창피하지도 않나 봐?"
"그니까 말이야. 얼굴에 철판을 깔았나 봐!"
"철판! 그거 잘 어울리네, 하하하."

옆 반 친구들이 수군대는 소리가 내 귀까지 들린다.

"야, 방금 뭐라고 했어? 동철이가 뭐라고? 철판이라고?"

이렇게 한소리하고 싶어도 용기가 나지 않는다. 목구멍까지 차오르는 말을 삼켰다. 조용하고 부끄러운 내 성격도 문제지만, 더 큰 이유는 옆 반 친구들이 나보다 더 덩치가 컸기 때문이다. 인상도 썩 좋아 보이지 않았다.

"다 들리거든! 그리고 앞에서 열심히 응원하는 게 뭐가 창피하냐? 부끄럽다고 가만히 앉아있는 게 더 창피하지! 얼굴에 철판? 깔았다! 깔았어! 내 얼굴에 철판 깔 때 너희가 뭐 보태준 거 있어!"

동철이는 수군대는 옆 반 아이들을 쏘아보며 말했다. 동철이의 낭랑하면서도 힘찬 소리를 들으니 내 속이 다 시원하다. 동철이는 내 마음속을 어떻게 알았는지 내가 하고 싶던 말을 다 쏟아냈다. 덩치가 크고 인상이 좋지 않아 보이는 것도 동철이 앞에서는 큰 문제가 되지 않는 것 같았다. 옆 반 아이들은 얼굴을 찌푸리며 뭐라고 구시렁거렸다. 하지만 동철이 앞으로 다가오지는 않고, 자기들끼리 피식 웃으며 자기 반 속으로 사라졌다. 이렇게 운동회는 끝이 나고 동철이는 옆 반 아이들로부터 새로운 별명 하나를 얻게 되었다.

철판, 나동철!

운동회 이후로 동철이는 자기 이름보다 '철판'이라는 별명으로 더 많이 불렸다. 동철이도 그 별명을 크게 싫어하지는 않는 것 같았다. 너도나도 '철판'이라고 부르기 시작하자 우리 반뿐만 아니라 동철이를 잘 모르는 애들도 '철판'이라고 불렀다. 기분 나쁠 법도 한데 동철이는 친구들이 하는 이야기에 별로 신경 쓰지 않았다.

"동철아, 친구들이 철판이라고 부르는 거 싫지 않아?"

"뭐 어때? 유명해지고 좋잖아. 그리고 나를 철판이라고 부르는 애들도 지금만 그렇지 금세 잊어버릴 거야."

역시 동철이었다. 괜히 나 혼자 걱정하고 마음속으로 화내고 있었다. 며칠이 지났다. 이래도 흥, 저래도 흥 하는 동철이가 어떤 친구들에게 화를 내는 모습이 보였다. 무슨 일일까? 몹시 궁금했다. 동철이 옆에 서 있던 세 명은 눈을 부라리며 동철이를 쳐다보고 있었다.

"친구한테 그러면 안 되지! 얘가 싫다잖아. 왜 애 목을 졸라? 싫다면 하지 말아야지 계속하고 있어."
"네가 뭔데 이래라 저래라야! 우린 그냥 기절놀이를 하는 거야. 놀고 있는데 네가 뭔 상관이야? 철판 주제에!"
"놀이? 친구 기절시키는 게 놀이냐? 폭력이지! 그리고 얘는 혼자고 너희는 셋이잖아. 셋이 한 사람을 힘들게 하는데 그게 어떻게 놀이가 되는데?"

3 대 1의 싸움이었다. 지금은 말싸움 정도지만 목소리가 점점 격양되는 걸로 봐서는 주먹이 오갈 것만 같았다. 동철이를 도와주고 싶은데 말이 나오지 않는다. 몸이 **뻣뻣하게** 굳은 채 그 자리에

그대로 서 있었다. 누가 봐도 세 명이 한 명을 괴롭히는 모습이었지만 누구 하나 동철이를 돕기 위해 나서지 않았다. 하지만 동철이는 물러서지 않고 오히려 더 목소리를 높였다.

"야, 동철이 말이 맞잖아! 너희들이 한 명을 괴롭히고 있는 거잖아."

친구들의 시선이 모두 나를 향했다. 입이 굳고 몸까지 얼어있던 내가 소리를 지르고 있다니? 내 목소리를 듣고 나도 깜짝 놀랐다. 내게 이런 용기가 있었다니 믿기지 않았다. 세 명의 기세에도 눌리지 않고 당당하게 맞서고 있는 동철이를 보며 나도 모르게 용기가 생긴 것 같았다.

"그래. 너희들이 잘못했잖아."
"애 봐봐. 숨을 못 쉬니까 힘들어하잖아. 표정도 안 좋고!"
"이건 노는 게 아니고 괴롭히는 거지!"

조용히 지켜만 보던 친구들도 한마디씩 한다. 동철이가 먼저 시작한 말이 내게로 전해지고, 나에게 전해진 말이 다시 조용히 지켜보던 친구들에게까지 전해졌다. 미간을 찌푸리던 세 명은 욕지거리를 내뱉으며 교실 밖으로 나가버렸다. 나는 알고 있다. 그들이 뱉어내는 욕지거리는 자신감과 당당함이 아니라 자신의 약함과 불안함을 가리기 위한 수단이라는 것을 말이다.

"창욱이, 나이스!"

동철이가 엄지손가락을 번쩍 올리며 웃는 얼굴로 나를 쳐다본다.

"휴, 얼마나 떨렸다고. 아직도 다리가 후들후들하네."

이런 용기가 어디서 나왔는지 지금도 잘 모르겠다. 하지만 이런 상황이 또 일어나더라도 동철이가 옆에 있다면 오늘처럼 행동할 수 있을 거라는 확신이 든다. 혼자라면 하지 못했을 일을 동철이가 있어서 가능했다. 오늘도 동철이를 보며 내 마음이 한 뼘 더 자란 것 같다.

2

내 취미는 그림 그리기

| 서술자 | **스케치북**

| 등장인물 | **스케치북, 나동철**

사람들은 하얀 내 몸에 뭔가를 그리는 걸 좋아한다. 연필, 볼펜, 크레파스, 색연필, 사인펜, 파스텔, 어떨 때는 손가락에까지 물감을 묻혀 뭔가를 그리곤 한다. 크게 그리는 사람이 있고, 작게 그리는 사람이 있으며, 내 몸 구석구석을 모두 색칠하는 사람이 있는가 하면, 군데군데 칠하는 사람도 있다.

　사람들은 하얀 내 몸에 뭔가를 그리는 걸 좋아한다. 연필, 볼펜, 크레파스, 색연필, 사인펜, 파스텔, 어떨 때는 손가락에까지 물감을 묻혀 뭔가를 그리곤 한다. 크게 그리는 사람이 있고, 작게 그리는 사람이 있으며, 내 몸 구석구석을 모두 색칠하는 사람이 있는가 하면, 군데군데 칠하는 사람도 있다. 내 몸에 그려진 그림을 보면 그 사람의 성격이 나타나고, 그동안 어떤 삶을 살아왔는지도 알 수 있다.

　'서당 개 삼 년이면 풍월을 읊는다'는 말이 있다. 많은 사람이 내 몸에 그림을 그렸고, 또 많은 전문가가 그 그림을 보면서 지금 마음 상태가 어떤지, 어떤 아픔이 있는지를 이야기했다. 한 달, 두 달, 1년, 2년, 이렇게 몇 년이 지나니 나 역시 그림만 봐도 무어라 한마디 꺼낼 수 있는 수준이 되었다.

"동철아, 여기에 동철이 마음속에 있는 집을 그려볼래?"
"마음속에 있는 집이요? 지금 제가 사는 집을 그리면 되는 거예요?"
"아니, 동철이가 살고 싶은 집을 그리는 거지. 누구와 함께 살고 싶은지도 그리고, 집 주위에 나무도 그리는 거야."
"제 마음대로 집이랑 사람이랑 나무들을 그리면 되는 거네요."

잠깐, 동철이라는 아이는 내가 그동안 봐왔던 아이들과는 조금 다르다. 그동안 여기 온 아이들의 얼굴을 보면 분노에 가득 차 있거나 무언가에 주눅 들어 있었다. 내가 들어도 앞뒤 말이 맞지 않거나 했던 말을 또 하기도 했다. 어떤 아이는 선생님과 엄마의 끈질긴 설득에도 끝내 그림을 그리지 않았다. 또 어떤 아이는 선생님이 말한 것과 상관없이 자기가 좋아하는 공룡을 그리거나 뽀로로를 그리기도 한다. 그림을 잘 그리다가 나를 쫙 찢어버리고는 방문을 걷어차며 뛰쳐나간 아이도 있었다. 이렇게나 다양한 아이들을 오래 겪다 보니 이제는 선생님과 몇 마디 말을 나누는 것만 봐도 어떤 아이인지 대충 감이 잡힌다. 아이들은 내가 예상한 대로 그림을 그렸으며, 선생님 의견 역시 나랑 똑같았다.

'역시나, 얼굴만 봐도 딱 알겠네. 역시 난 전문가라니까!'

그런데 동철이는 조금 갸우뚱하다. 아무리 얼굴을 뚫어지게 봐도, 선생님과 나누는 이야기를 들어봐도 어떤 그림을 그릴지 정확하게 모르겠다. 여기 와서 그림을 그릴 아이처럼 보이지 않는다. 평범해 보이는데 왜 왔을까? 이렇게 생각하니 동철이에게 더 큰 문제가 있어 보였다. 분명히 문제가 있는 것 같은데 도무지 알 수가 없다. 이럴 때 좋은 방법이 있다. 모를 때는 잠자코 조용히 지켜보는 것이다. 몇 년간 아이들과 함께하면서 나 스스로 터득한 노하우다. 그리는 그림을 유심히 관찰하고, 선생님이 하는 말에 귀를 쫑긋 세우며 집중한다. 새로 알게 된 내용은 머리와 가슴속에 차곡차곡 쌓는다. 그리고 절대 모든 것을 아는 것처럼 말하거나 행동하지 않는다.

이런 생각을 하는 사이에 어느새 집이 하나 완성되었다. 흔히 보는 삼각지붕 집을 그렸는데 조금 이상하다. 집 자체가 이상한 것은 아닌데 집을 둘러싸고 있는 튼튼한 벽이 눈에 띈다. 담장 같기도 하고 무언가를 막는 벽 같아 보이기도 하는데, 중요한 건 벽이 집보다 크다는 것이다. 집에 들어가려면 벽을 지나야 하는데 아무리 봐도 벽에 문이 없다. 꽉 막혀있다. 이상한 게 또 있다. 지금까지 내가 본 아이들은 창문을 그리거나 창문 너머로 보이는 물건이나 사람을 그렸다. 아니면 집 주위를 꾸미거나 집 안에서 사는 사람들을 중심으로 그림을 그렸다. 그런데 동철이 그림에는 창문이 없고, 집 안에 있는 사람도 보이지 않는다. 전체적인 집의 모습도 그렇지만 특히 눈에 띄는 건 신발이다. 집 밖에 가지런히 놓인 신발 두 켤레. 한 켤레는 동철이 신발인 것 같은데, 다른 한 켤레는 누구 거지?

"동철아, 이건 누구 신발이야?"
"하나는 제 거고, 다른 하나는 엄마 거예요."

선생님은 동철이의 말에 고개를 끄덕이며 옅은 미소를 짓는다. 선생님의 끄덕임과 미소를 보니 동철이가 그린 그림에 대충 어떤 뜻이 담겨있는지 알 수 있을 것 같았다.

엄마가 보고 싶구나.
외롭구나.
그립구나.
그리고 마음이 쓸쓸하구나.
가지런히 놓인 신발은 보이는데 정작 신발 주인은 보이지 않는다. 보고 싶지만 볼 수 없는 마음이 그림에 나타나 있었다. 이곳에

온 아이들이 집과 학교에서 어떻게 지내는지 직접 보지는 못했지만 이렇게 그들의 삶이 그림에 담긴다. 그동안 나를 가운데 두고 선생님과 아이 부모님들이 이야기하는 것을 많이 들었다.

"선생님, 정말이에요?"
"선생님, 맞아요! 제 딸이 그래요."
"선생님, 어떻게 아셨어요!"
"우리 아이가 그런 생각을 하고 있어요?"
"제 아들에 대해 많이 안다고 생각했는데 너무 모르고 있었네요. 아이에게 미안해요."

부모님 열에 아홉은 눈물을 흘리면서 이렇게 이야기한다. 아이가 왜 그런 행동을 하고 있었는지 몰랐다는 미안함과 나 때문에 그런 거 같다는 죄책감이 그들을 눈물짓게 했다. 부모님의 눈물은 아이에게 용서를 구하는 참회의 눈물처럼 보였다.

하지만 동철이와 함께 온 사람은 다른 부모님과는 조금 달라 보였다. 안타까운 표정을 짓기는 하지만 눈물은 보이지 않았다. 입을 꾹 다물면서 미간을 찌푸리기는 하지만 진심으로 공감하는 표정은 아니었다. 내가 뭐 관상을 보거나 얼굴에 있는 60여 개의 근육 이름을 모두 알고 있는 건 아니다. 단지 그동안 내가 봐왔던 부모님의 표정과 말들이 내 머릿속에 차곡차곡 쌓여 있을 뿐이다. 그 데이터들을 종합하면 부모님의 마음을 쉽게 알 수 있다.

아무튼, 동철이와 지금 내 앞에 앉아있는 이 사람의 관계는 그리 중요하지 않다. 동철이의 엄마가 아니라는 건 분명하니 더이상 둘의 관계를 추측할 필요는 없다. 내가 관심을 두고 있는 건 동철이니까.

'얘는 별다른 문제가 없어 보이는데 왜 이런 그림을 그렸을까? 말이나 표정이 밝고 웃음도 많은 것 같은데 그림은 또 그렇지 않네.'

이런저런 생각이 많아진다. 겉으로 보이는 모습과 그림으로 표현된 마음이 반대인 아이들이 더 큰 문제를 일으키곤 하기 때문이다. 사람이 힘들면 "나 힘들어요. 힘드니까 나 좀 도와주세요"라고 말해야 한다. 그리고 이런 말을 할 때는 진짜 힘든 표정을 지으며 말해야 상대방에게 자기 생각을 정확하게 전달할 수 있다. 마음은 정말 힘든데 "저는 괜찮아요. 괜찮으니까 신경 쓰지 않아도 돼요"라고 웃으면서 말하면 주위 사람들은 그 사람이 정말 힘들지 않다고 생각하게 된다. 아픈 마음을 어루만져야 할 시기를 놓치게 되는 것이다.

결국, 자신의 진짜 속마음과 겉으로 드러나는 표정과 말이 일치하지 않는 사람들은 혼자만의 세계에 스스로를 가두게 된다. 그곳에서 자신을 탓하고 세상을 원망하며 밑으로 밑으로 가라앉게 되는 것이다. 이것은 세상과 나의 단절을 의미한다. 사람이 세상으로 들어가 섞이지 않고 담을 쌓고 지내면 어떻게 될까? 사람으로서의 존재가 사라지게 될 것이다.

밝은 동철이를 보니 이런 생각을 하게 된다. 밝은 표정이 항상 좋은 것은 아니다. 겉으로 드러나는 밝은 표정과 함께 눈에 보이지 않는 마음속도 밝아야 한다. 얼굴은 환하게 웃고 있지만 마음은 세상을 냉소적으로 바라보거나, 자신의 외로움과 쓸쓸함을 감추기 위해 더 크게 활짝 웃는 것은 분명 문제가 있다. 그것이 동철이에게서 보인다.

"선생님, 안녕히 계세요."
"동철이는 웃는 모습이 참 예쁘니까 마음도 예쁘게 만들어가렴. 잘 가."

동철이에게 인사하는 선생님의 얼굴에 안타까움과 어른으로서의 미안함이 스친다. 따스한 작별인사 외에는 해줄 게 없다는 것을 나도 안다. 그래서 더 마음이 쓸쓸하다.

앞으로 동철이를 이곳에서 다시 만나고 싶지는 않다. 동철이가 여기에 또 오지 않았으면 좋겠다. 뭔가를 알아보는 용도로 나를 만나는 게 아니라 즐겁게 그림을 그리는 도구로 나를 사용했으면 좋겠다. 언젠가 시간이 지나서 동철이가 나를 다시 만나게 된다면 그때는 동철이가 담벼락이 없는 집을 그렸으면 좋겠다. 가족들과 함께 손을 잡고 하하 호호 웃는 모습을 그렸으면 좋겠다. 그때도 지금처럼 웃는 표정이었으면 좋겠고, 마음까지 같이 웃을 수 있으면 정말 좋겠다.

3

오늘도 좋은 하루

| 서술자 | **90년대 토큰**

| 등장인물 | **토큰, 동철 아줌마**

요즘은 카드나 교통카드 하나로 전철이나 버스, 택시까지 탈 수 있지만 90년대까지, 아니 2000년대 초반까지만 해도 우리나라 교통체계가 그렇게 편한 시스템이 아니었다. 그때는 사람들이 가게에서 돈을 내고 토큰인 나를 산 다음 버스에 탈 때 수거함에 넣었다. 버스 회사는 나를 수거한 후 다시 돈을 받고 팔아 버스를 이용하게 했다.

　나는 토큰이다. 요즘 친구들은 토큰이 뭔지 잘 모를 것이다. 말하자면 토큰은 교통카드 같은 것이다. 요즘은 카드나 교통카드 하나로 전철이나 버스, 택시까지 탈 수 있지만 90년대까지, 아니 2000년대 초반까지만 해도 우리나라 교통체계가 그렇게 편한 시스템이 아니었다. 예전에는 사람들이 가게에서 돈을 내고 토큰인 나를 산 다음 버스에 탈 때 수거함에 넣었다. 버스 회사는 나를 수거한 후 다시 돈을 받고 팔아 버스를 이용하게 했다.

　그런데 나는 대한민국에서 공통으로 사용할 수 있는 게 아니었다. 지역마다 달라서 그 지역에서 파는 토큰만 사용할 수 있었다. 나를 궁금해하는 요즘 친구들이 많을 것 같아서 살짝 나의 자태를 보여주겠다. 짜잔!

나는 둥그렇다. 마치 돌고 도는 인생 같다. 네모난 인생도 세모난 인생도 돌다 보면 다시 그 자리로 돌아온다. 나 역시 이 사람 저 사람 손을 거쳐 다시 제자리로 돌아온다.

내가 이런 이야기를 하면 빳빳한 지폐나 사람들 위에 군림하는 배지, 그리고 명령 하나로 움직이는 계급장 같은 친구들은 개똥철학이라고 비웃는다. 너처럼 돈도 없고 수준도 떨어지는 토큰이랑 같은 공간에 있다는 것 자체가 부끄럽다고 자리를 피해버린다. 그래도 내가 지폐, 배지, 계급장보다 나은 게 하나 있다. 아무리 무식하다느니 가진 게 없다느니 해도 내게는 지폐와 배지, 계급장이 가지고 있지 않은 것이 있다.

바로 각이 없이 둥그렇다는 것!

또 나는 안다, 그들이 내 앞에서는 나를 무시하고 비웃지만 뒤돌아서면 나를 부러워한다는 것을. 솔직하게 부러워하는 대신 비웃음을 선택했다는 걸 말이다. 그래서 나는 지폐와 배지, 그리고 계급장의 말과 행동을 무시한다. 어차피 그들보다 내가 더 둥글둥글하고 멋진 인생을 살고 있으니까.

"아무리 내 앞에서 잘난체하고 까불어 봐라! 어차피 너희들은 딱딱한 각진 인생을 살고 있잖아! 너희가 아무리 굴러봤자 사각형이고 오각형이고 별 모양이잖아? 겉으로는 떵떵거리지만 나를 부러워한다는 것쯤은 나도 잘 알고 있거든! 내가 부러우니까 나를 더 못살게 굴고 무시하는 거잖아!"

흠흠, 이렇게 잘난 척하는 나를 나만큼이나 소중하게 여겨주는 분이 있다. 그분은 사람들 손때를 타서 더러워진 나를 닦아주기도 하면서 항상 들여다본다. 날마다 해가 뜨기도 전에 우리 집 문을 열고 혹여 밤새 내가 아픈 곳은 없는지 살펴본다. 바로 동철 아줌마다. 아들 이름이 동철이라 사람들이 '동철 아줌마'라고 부른다. 나도 그래서 그렇게 따라 부른다.

아무튼 나는 동철 아줌마 덕분에 행복하다. 누군가가 나를 기다려주고, 아픈 곳은 없는지 확인해주고, 내 존재 자체를 사랑해주는 것은 얼마나 행복한 일인가? 그래서 비싼 지폐보다 내가 더 가치 있어 보이고, 배지보다 더 잘난 것 같고, 계급장보다 훨씬 우쭐해진다.

내가 처음부터 둥글둥글했던 것은 아니다. 나에게도 흑역사가 있다. 나를 무시하던 그 친구들처럼 각진 모양이었다. 나는 원래부터 부자였고, 태어날 때부터 높은 지위를 가지고 있었다. 거기에 얼굴도 잘생겨서 누가 봐도 엄친아 엄친딸이었으며, 못하는 것보다 잘하는 게 더 많았다. 소위 말하는 금수저로 태어나 내가 하고 싶은 걸 다 해볼 수 있는 환경이었다.

미래는 누구도 예측하지 못하고, 우리 인생이 어떻게 될지는 신도 단정할 수 없다. 처음에는 나도 직사각형 모양이었다. '회수권'이라는 이름으로 불리면서 지폐, 배지, 계급장이 그랬던 것처럼, 아니 그들보다도 더 친구들을 무시하고 괴롭혔다. 그때는 내가 세상의 중심이었고, 나 이외의 것들은 모두 내 들러리일 뿐이라고 생각했었다.

이런 삶이 영원토록 지속될 것만 같았다. 그런데 어느날부터인가 사람들이 내 몸을 잘게 자르기 시작했다. 반듯한 자와 날카로운 칼로 나를 잘라 새로운 나를 하나 만들었다. 사람들 말로 하면 '복제인간'인 셈이다. 나와 비슷한 또 다른 내가 생긴 것이다. 모습도 같고 색깔도 같고 내 몸에 쓰인 글자와 숫자도 같다. 하나 다른 게 있다면 내 몸에 쓰인 글자와 숫자의 위치가 조금씩 다르다는 점이다. 하지만 자세히 들여다보지 않으면 알 수 없었다.

시간이 지나자 사람들은 나를 의심의 눈초리로 바라보기 시작했다. 특히 버스기사 아저씨는 접힌 내 몸을 일일이 펴서 살폈다. 그리고 나와 닮았지만 조금씩 다른 회수권을 찾을 때면 화를 내거나 욕을 하기도 했다. 그 바람에 나는 복제되지도 않았는데 매일 진짜 내가 맞는지를 확인받아야 했다.

"너, 진짜 회수권 맞아? 짝퉁 아니야?"

"보니까 짝퉁 같은데, 글자 위치가 아래로 내려가 있는 것 같은 데?"

아니라고 말하고, 진짜 회수권이라고 확인시켜 줘도 지폐, 배지, 계급장은 내 말을 믿지 않는다. 분명 나인 걸 알면서도 볼 때마다 물어본다. 내가 화내는 모습이 재밌는지 계속해댄다. '나는 누구인가?' 자존감이 바닥을 친다.

쓸쓸함과 외로움을 견뎌야 하는 날이 계속되자 점점 내 몸에 있는 각진 부분들이 깎여 나갔다. 몸의 선이 점점 부드러워지자 마음 역시 예전의 날카롭고 단단한 부분이 깎이며 둥그렇게 변하고 있었다. 내 의지만으로 이런 어두컴컴한 삶을 견디고 이겨낼 수 있었던 것은 아니다. 내 몸과 마음에 남아있던 날카롭고 단단한 부분은 동철 아줌마와 만나면서 조금씩 다듬어졌다.

"네 잘못이 아니야. 괜찮아, 다 좋아질 거야. 지금까지 잘 견뎌냈잖아. 앞으로 더 좋은 일만 가득할 거야. 사랑한단다."

동철 아줌마는 만신창이가 된 내 몸과 마음을 어루만지며 항상 따스한 이야기를 해주셨다. 전혀 사랑스럽지 않은 나를 보며 사랑한다고 말해주셨고, "괜찮아. 좋아질 거야"라는 말을 입이 닳도록 해주셨다. 동철 아줌마의 말은 내 몸과 마음에 조금씩 스며들었다. 억울함과 분함, 치밀어 오르는 분노도 서서히 사그라들었다.

"오늘 하루도 손님들이 많이 올 수 있게 해주세요. 애들 팔아서 우리 아들 공부시킬 수 있게 해주셔서 감사합니다. 지금까지 잘 이겨낼 수 있게 해주신 것도 감사합니다. 앞으로도 좋은 일만 가득하게 해주셔서 감사합니다."

동철 아줌마는 매일 고요한 새벽에 둥그런 내 몸을 닦으며 이야기한다. 처음에는 이런 동철 아줌마의 행동이 좀 이상하게 보였다. 잠자고 있는데 누가 옆에서 귓가에 소곤소곤 이야기한다고 생각해 봐라. 얼마나 까무러치게 놀라겠는가! 동철 아줌마를 처음 만나고 내가 그렇게 놀라서 뒤로 자빠질 뻔했다. 밖은 아직 어둑어둑한데 갑자기 내 방에 불이 켜지고, 이상한 주문 같은 소리가 들려서 처음엔 꿈인 줄 알았다. 그러다가 비몽사몽간에 눈을 떴더니 내 앞에 웬 여자 얼굴이 떡 하니 보이는데!

"꺅! 귀신이면 저리 가라! 훠이~ 훠이~."

머리와 입은 비명을 지르는데 입 밖으로 소리가 나오지 않았다. 너무 놀라니 몸과 머리가 그대로 멈춰버린 것이다.

"동철 아줌마! 간 떨어질 뻔했잖아요! 이 새벽에 갑자기 와서 웬 주문을 외우고 그래요! 곤히 자는 저한테 왜 그러세요? 심장 터지는 줄 알았어요!"

안도와 원망의 한숨을 내쉬고는 동철 아줌마를 쏘아보며 대차게 말했다. 너무 놀라 심장이 아직도 쿵쾅쿵쾅 뛰고 있었다.

"너, 새벽에 동철 아줌마 얼굴 봤어?"
"너도 봤어? 너도 봤구나! 처음엔 어찌나 놀랐는지 비명도 안 나왔다니까!"
"그러니까! 나는 너무 놀라서 발부터 쳐다봤다니까?"
"발은 왜?"
"귀신은 발이 없다는 말을 어디서 들었거든! 그래서 귀신인지 아닌지 확인하려고! 근데, 동철 아줌마의 발이 안 보이는 거야. 그래서 정말 귀신인 줄 알았지! 다행히 두 발이 책상에 가려서 안 보였던 거야. 지금 생각해도 등골이 오싹해."

한동안 동철 아줌마의 그 기괴한 행동은 나와 친구들의 단골 이야기 소재가 되었다. 그전에 있던 승환 아줌마는 한 번도 이런 이상한 행동을 하지 않았다. 나를 별로 소중하게 대하지 않는 것 같아서 서운한 적도 있었지만, 오늘처럼 까무러칠 일은 한 번도 없었다. 하루, 이틀, 일주일, 한 달이 지나자 동철 아줌마의 그런 행동과 말에 익숙해졌다. 어느새 매일 반복되는 동철 아줌마의 행동과 말이 내 하루의 시작이 되었다.

"오늘 하루도 잘 부탁한다. 네가 잘돼야 우리 아들 학교도 보낼 수 있고, 쌀도 살 수 있단다. 그러니 잘 팔려서 다시 건강하게 만나자."

나를 빤히 쳐다보며 잘 부탁한다는 동철 아줌마의 말이 이제는 낯설지 않다. 오히려 동철 아줌마가 나를 빤히 쳐다보면서 매일 하는 그 이상한 행동을 하지 않는 날이면 뭔가 기분이 찜찜하고 일이 잘 풀리지 않을 것만 같았다.

"요새도 동철 아줌마가 너한테 이야기하니?"
"응, 너한테도?"
"응, 근데 이제는 이상하지 않아. 놀라 자빠지지도 않고. 그냥 그래."

"나는 오히려 더 좋은 것 같아. 이제는 동철 아줌마가 새벽마다 하는 말을 듣지 않으면 불안하다니까."

친구들과 이야기하면서 알게 된 사실은 이렇게 생각하고 있는 게 나만은 아니라는 거다. 처음에는 거북하고 낯뜨겁고 손발이 오그라들었지만 이제는 너무 자연스럽다. 동철 아줌마는 가게 문을 열고 들어오는 다른 사람들도 웃으면서 맞아준다. 그래서 그런지 승환 아줌마가 있던 때와는 다르게 밖으로 여행을 떠나는 빈도가 높아졌다. 한 달 전만 하더라도 어떻게든 먼저 밖에 나가고 싶어서 조용한 승환 아줌마 앞에 서로 머리를 들이대며 나를 봐달라고 외쳤는데 이제는 그럴 필요가 없다.

"아주머니, 토큰 10개만 주세요."

"네, 토큰 여기 있습니다. 좋은 하루 보내세요. 그리고 행복하세요."

부드러운 손, 거칠거칠한 손, 젊은 손, 나이 많은 손, 기다란 손, 뭉툭한 손, 힘이 센 손, 축축한 손, 건조한 손, 따뜻한 손, 차가운 손, 뜨거운 손, 다섯 손가락이 아닌 손, 복슬복슬한 장갑을 낀 손, 다양한 손들이 내 몸을 감싼다. 그리고 그토록 원하던 여행이 시작된다. 고기도 먹어본 사람이 잘 먹고, 여행도 다녀본 사람이 잘 간다는 이야기가 있다. 여행도 다녀본 토큰이 잘 다니지 않을까? 이제는 여행이 불편하지 않고 편안하다.

우리는 한 달 사이에 충분히 많은 바깥 여행을 하고 돌아왔다. 어떨 때는 이틀, 사흘이면 돌아오지만 어떨 때는 한 달이 넘게 걸리기도 했다. 사실 일주일 정도 여행하고 집에 돌아와도 다시 밖으로 나가고 싶은 마음이 크다. 주머니, 가방, 버스, 집, 서랍, 필통, 지갑, 문방구, 학교 등 한 번도 가보지 못한 곳에서 지낸다는 것은 설레는 일이다. 또 그곳을 여행하고 싶은 마음이 가득하다. 하지만 한 달 정도 여행하고 돌아오면 피곤하다. 편안한 내 집에서 뜨뜻한 방바닥에 몸을 지지며 쉬고 싶은 마음이 간절하다. 늘어지게 푹 자고 싶고, 친구들과 여행에 대해서 재잘재잘 이야기하고 싶고, 무엇보다 동철 아줌마의 따뜻한 말과 시선을 한껏 느끼고 싶다.

이런 바람을 가지고 오랜만에 동철 아줌마의 가게로 돌아왔다. 동철 아줌마에게 인사도 하고 싶고, 친구들에게 여행에 대해 말하고도 싶었지만 금세 또 누군가의 손에 이끌려 여행을 떠나야만 한다. 이럴 때는 조용하기만 했던 승환 아줌마가 그립다. 하지만 우리가 이렇게 여행을 많이 하면 할수록 동철 아줌마의 지갑에 지폐가 늘어난다는 걸 안다. 옛말에 '사촌이 땅을 사면 배가 아프다'는 말이 있지만 나는 그렇지 않다. 여행하느라 몸은 좀 피곤하지만 그래도 동철 아줌마의 지갑이 볼록해지는 것을 보면 기분이 좋다.

동철 아줌마가 그 돈을 가지고 뭘 하는지는 정확히 알지 못한다. 하지만 아줌마가 밤마다 "이 돈으로 아들 먹을, 이 돈으로 아들 좋아하는, 이 돈으로 아들 사줄……."이라는 말을 입에 달고 사는 것을 보면 대충 짐작이 간다. 그런 말을 할 때면 아줌마는 항상 웃고 있었다. 동철 아줌마의 웃는 얼굴을 보니 몸은 여행으로 지쳐도 마음은 기쁘다. 예전에 화려하고 멋지게 살았던 회수권 시절의 삶이 하나도 생각나지 않는다. 각 잡힌 지폐와 배지, 계급장, 누구 하나 부럽지 않다.

시간이 지나면서 예전의 날카롭고 각진 모습으로 돌아가면 어쩌나 싶다. 둥글둥글한 토큰 모양이 좋아도 영원할 수 없다는 것을 안다. 지금은 10원이 동그란 모양이지만 옛날에는 아주 각진 네모난 모양이었다. 10원이라는 숫자의 크기도 달라졌으며, 그 안에 있는 그림도 바뀌었다. 언젠가는 지금 모습의 10원짜리도 모양이 변하거나 혹은 사라지게 될 것이다.

10원짜리가 바뀌는 모습을 보고 있노라니 내 미래의 모습도 예측이 된다. 지금처럼 동그란 모양이 아닌 다시 각진 네모 모양으로 돌아갈 수도 있다. 혹은 토큰이라는 내 이름이 사라진 채 누군가의 한 부분이 되어 '차비를 낸다'라는 역할만 하고 있을지도 모른다. 세상의 기술은 빠르게 변하고 있다. 가전제품 안에 다양한 기능이 들어가는 걸 보면 나도 형태가 사라진 채 다른 이름으로 불리게 될 수도 있을 것 같다. 그때는 아무도 '토큰'이라고 불리는 지금의 나를 기억하지 못할 것이다. 앞으로 각졌던 예전 모습으로 돌아가거나, 아니면 내 이름이 사라지고 다른 이름으로 불리더라도 지금의 내 모습을 잊지 말아야겠다.

"날이 선 네모 모양으로 바뀌더라도 잘난체하지 말며, 다른 사람들을 무시하지 않고, 지금에 감사할 줄 아는 토큰이 되어야지! 내 이름이 사라지더라도 내게 맡겨진 일을 성실하게 잘하는 그런 토큰이 되어야지! 동철 아줌마! 제 모습이 바뀌더라도 지금처럼 제게 따스한 말을 해주셨으면 좋겠어요. 그러려면 아프지 않고 건강해야 하는 거 아시죠? 밥 거르지 말고 잘 챙겨 드세요."
"오냐, 고맙다. 너도 항상 건강하렴."

내 말을 알아들었는지 동철 아줌마가 나를 보면서 따뜻하게 웃고 계셨다.

4

내 이름은 삼계탕

| 서술자 | **삼계탕이 된 닭**

| 등장인물 | **닭, 나동철, 동철 아줌마**

'삼계탕'이라는 이름은 쉽게 얻을 수 있는 것이 아니다. 깨끗하게 씻긴 후 여러 종류의 한약재와 함께 뜨거운 솥단지에 오랫동안 머문다. 내 뱃속에는 하얀 찹쌀과 녹두, 인삼, 대추, 마늘 등 좋은 것들이 가득가득 채워지고, 솥단지 안에 풍덩 들어간다.

생명이 태어나는 것은 아름답고 숭고한 과정이라고들 한다. 그 생명이 자라 어른이 되고, 다른 이들에게 도움을 주는 삶을 산다는 것은 멋지고 가슴 뛰는 일이다. 나는 그런 생각을 하며 앞도 잘 보이지 않는 어둡고 두꺼운 벽을 얼마나 쪼아댔는지 모른다. 하마터면 밖으로 나가기도 전에 부리가 산산조각 날 뻔했다. 그래도 벽을 감싸고 있는 질긴 고무처럼 생긴 것을 먹으니 배고픔을 이길 수 있어서 좀 더 힘을 낼 수 있었다.

두꺼운 벽이 깨지면서 들어오는 빛은 놀라움 그 자체였다. 어둠은 사라지고 주위는 밝아졌으며, 한 번도 보지 못한 것들이 눈앞에 펼쳐졌다. 세상은 아무 소리도 들리지 않는 곳일 거라고, 고요 속에서 모두가 각자 자기 일을 하는 곳일 거라고 생각했었다.

그러나 두꺼운 벽 너머의 세상은 내 생각과는 전혀 달랐다. 고요함은 이내 사라지고 이곳저곳에서 다양한 소리가 들려왔다.

"삐악삐악, 꼬끼오, 멍멍, 꽥꽥, 야옹야옹~."
"닭들이 알을 낳았네!"
"오늘따라 동물들이 왜 이렇게 시끄러운 거야?"

한 번도 들어보지 못한 소리였다. 처음에는 호기심에 귀를 가까이 대고 주위에서 들려오는 소리에 귀를 기울였다. 하지만 시간이 지나자 호기심은 조금씩 사라지고, 시끄러운 소리에 머리만 아프다.

'근데, 이 불쾌한 냄새는 어디서 나는 거지?'

한 번도 맡아보지 못한 냄새였지만 금세 인상을 찌푸리게 하는 걸로 봐서 좋은 것이 아닌 건 분명하다. 퀴퀴하면서도 산뜻하지 못한 냄새, 이 냄새는 자라는 내내 나를 한 번도 떠난 적이 없었다.

'닭은 잘 적응하는 동물이라고 하지 않았나?'

처음에 코끝을 찡그리게 하던, 그 유쾌하지 않은 냄새는 이제 내 일상이 되었다. 나도 모르는 사이에 그 냄새는 내 삶의 일부가 되었고, 이제는 그 퀴퀴한 냄새와 산에서 불어오는 산뜻한 냄새가 구분되지 않을 만큼 익숙해졌다.

"이게 무슨 냄새야?"
"똥 냄새 같기도 하고, 시궁창 냄새 같기도 한데!"
"어디서 이런 불쾌한 냄새가 나는 거야?"
"앞에 가는 저 병아리한테서 나는 냄새 아니야?"

집을 벗어나 밖에 나갈 때면 주위의 시선이 곱지 않다. 그들은 냄새의 원인을 찾기 위해 코를 벌름거리며 킁킁댄다. 조용히 찾아도 좋으련만 일부러 크게 소리친다. 냄새의 원인을 찾는 게 아니라 "너희에게 이 더러운 냄새가 나고 있어!"라고 말하는 것이다. 그들의 행동을 보고 있으니 화가 치민다. 하지만 단단한 이빨도, 튼튼한 근육도 없으니 그냥 가던 길을 갈 뿐이다.

어느 날은 가만히 당하고만 있는 게 너무 화가 나서 나도 그들을 바라보며 꽥 소리를 질렀다. 그러자 그들은 기다렸다는 듯이 발로 내 가슴을 걷어찼다. 맞은 곳이 아팠지만, 그보다 나를 놀린 그들에게 소리라도 한번 질러봤다는 게 통쾌했다.

'한 번만 더 놀려봐. 그땐 나도 더이상 가만있지 않을 거야. 날아서 발로 차버릴 테니까.'

이런다고 놀림이 바로 멈추지는 않을 것이다. 그래도 가만히 당하고 있는 것보다는 이렇게라도 해야 조금은 덜 억울할 것만 같았다. 나중에 알게 된 사실이지만 이렇게 세상에 태어난 것만으로도 나는 성공한 인생이었다. 많은 친구가 세상에 태어나 보지도 못한 채 어디론가 끌려갔다. 그들은 어둡고 아무 소리도 들리지 않는 벽에 갇혀있어서 납치되고 있다는 사실도 알 수 없었다. 차라리 아무것도 모른 채 끌려가는 게 더 나을지도 모른다.

'본인이 죽는다는 걸 알면 얼마나 비참하고 슬플까? 가족과 헤어져야 한다는 사실을 알게 되면 얼마나 가슴이 미어질까? 세상에 혼자 남아있는 가족은 또 얼마나 마음이 아플까? 생각만 해도 슬픈 일이다.'

그런데 내 옆에 있는 친구들은 이 사실을 모르는 모양이었다. 기쁨, 슬픔, 탄생, 헤어짐, 죽음 등을 친구들에게 말해도 도통 무슨 말인지 모르겠다는 표정이다. 그저 바닥에 떨어진 부스러기나 찾아다니면서 소리만 지른다. 내 이야기를 알아먹는 몇몇은 우리 모두 알을 깨고 나왔다고 이야기하면 깜짝 놀란 눈을 하고 나를 쳐다본다. 죽음에 관해 이야기하면 눈물을 뚝뚝 흘린다. 하지만 금세 자기들이 왜 놀라고 있는지, 왜 울고 있는지를 잊어버린다. 그래서 다시 말해줘도 반응은 그때뿐이다. 결국 내 입만 아프다는 것을 안 이후로는 더이상 이런 이야기를 나누지 않는다. 그저 바닥에 뭐 맛있는 게 떨어져 있는지나 살피면서 걸어 다닌다.

동철이를 만나기 전까지 나는 참 많은 변신을 했다. 그때마다 내 이름도 달라졌다. 세상에 처음 나왔을 때는 '알'이었다가 알을 깬 후에는 '병아리'가 되었다. 노란 털이 빠지고 몸이 커지니 '닭'이라고 불렸다. 알, 병아리, 닭. 사람들은 대부분 태어나서 죽을 때까지 평생 한 가지 이름만으로 산다는데 나는 왜 이리 이름이 계속 바뀌는지 모르겠다. 사람들은 예쁜 이름 놔두고 '삥아리'나 '삐약이', '노랑이'라고도 부른다.

"요새 누가 그런 촌스러운 이름을 가지고 사는데? 엄연히 병아리라는 예쁜 이름이 있는데 삥아리는 뭐고, 삐약이는 뭐야? 그리고 몸 색깔이 노랗다고 노랑이라고 부르는 건 너무 유치하지 않아?"

자기들 멋대로 부르면서 킥킥대는 모습에 화도 나고 억울하다.

닭 이후에는 더이상 이름이 안 바뀔지 알았다. 그런데 그건 착각이었다. 이름이 더 많아졌다. 삼계탕, 닭볶음탕, 백숙, 찜닭 등 너무 많아서 모두 다 기억하기도 힘들다. 어디 이뿐인가? 닭다리, 똥집도 모자라 요즘에는 뉴욕안심텐더, 프라이드치킨, 허니버터치킨, 황금올리브치킨, 뿌링클, 허니콤보, 골드킹, 푸라닭 등 이상한 외국 이름으로도 부른다. 내가 기억력만 더 좋았으면 하나하나 꼬치꼬치 다 말하면서 따지고 싶을 지경이다.

"엄연히 나도 내 이름이 있다고! 내 이름 놔두고 왜 이상한 이름으로 나를 부르냐고! 너희들 이름을 내 맘대로 지어서 부르면 좋겠어? 싫지? 너희도 싫으면 나한테도 그러지 마!"

이렇게 혼자서라도 소리치니 속이 시원하다. 그동안 목에 딱 걸려있던 체증이 쑥 내려가는 기분이다.

"너는 우리 가족, 친구들, 아니 우리 가문 중에서 가장 뛰어난 닭이야. 기억력도 가장 좋은 닭이란다."

부모님은 나를 보면 항상 이런 이야기를 하신다. 부모님뿐만이 아니었다. 친구들, 그 친구들의 부모님들까지 모두 나를 보면 부리에 침이 마를 정도로 칭찬을 아끼지 않았다. 여기에 사람들이 우리에게 붙여준 외국 이름까지 기억하고 있다고 말하면 모두 내 놀라운 기억력에 까무러칠 것이다. 남들과 다른 뛰어난 닭이지만 결국 나 역시 여느 닭들과 같은 인생이다. 오늘은 내가 가진 여러 이름 중 '삼계탕'이라는 이름을 가지게 되었다. 이 이름은 평상시에도 불리긴 하지만 초복, 중복, 말복, 이 세 날에 가장 많이 불린다. 이날만 되면 식당, 마트는 물론이고 집에서까지 어디서나 줄곧 불린다.

'삼계탕'이라는 이름은 쉽게 얻을 수 있는 것이 아니다. 깨끗하게 씻긴 후 여러 종류의 한약재와 함께 뜨거운 솥단지에 오랫동안 머물러야 한다. 내 뱃속에는 하얀 찹쌀과 녹두, 인삼, 대추, 마늘 등 좋은 것들이 가득가득 채워지고, 솥단지 안에 풍덩 들어간다. 조금 있으면 온천에 온 것마냥 뜨뜻한 물이 내 몸을 감싼다. 물은 뜨뜻하지, 배는 부르지, 잠이 솔솔 온다. 이렇게 한 시간 정도 꿀잠을 자고 일어나면 나는 쟁반에 건져지고, 먹기 좋도록 얇게 손질되어 사람의 뱃속에 들어가 그들을 건강하게 만든다.

그런데 오늘은 좀 이상하다. 엄마라는 사람은 나를 씻어서 한약재와 함께 솥단지에 넣고 푹 끓이기까지는 하는데 그다음 가장 중요한 것을 하지 않는다. 내가 이렇게 힘들고 번거로운 과정을 견딜 수 있는 이유는 맛있게 먹어주는 사람들이 있기 때문이다.

내가 있는 곳에는 항상 웃음이 끊이질 않았고, 좋은 이야기들이 오고 갔다.

1988년에는 귀여운 호돌이와 함께 대한민국 최초로 올림픽을 치렀으며, 1995년에는 서울에 있는 삼풍백화점이 무너지는 것을 두 눈으로 똑똑히 보았다. 2002년에는 대한민국을 외치는 무수한 빨간 함성과 함께 있었으며, 2018년에는 평창 한복판에 서서 우리나라 선수들을 응원하기도 했다. 2019년부터는 코로나19로 많은 사람이 고통받고 힘들어하는 것을 보며 마음 아파했다. 일상에서도 마찬가지다. 입학식, 졸업식, 직장에 들어갔을 때, 친한 친구들을 만났을 때, 가족들이 오랜만에 만났을 때 등 기쁜 일에는 내가 항상 빠지지 않았다.

"동철아, 엄마가 삼계탕 했으니까 많이 먹어. 대추랑 인삼도 함께 먹고."

"우와, 맛있겠다. 잘 먹겠습니다. 근데 엄마는 안 드세요?"

"엄마는 삼계탕 준비하면서 먹었지. 배부르니까 동철이 많이 먹으렴."

"아, 그때 드셨어요? 그럼, 잘 먹겠습니다."

하지만 동철이 엄마는 다른 사람들의 행동과는 조금 다르다.

하는 행동뿐만 아니라 말하는 것도 이상하다. 내가 딱 보면 아는데, 동철이 엄마는 거짓말을 하고 있다. 어디 할 짓이 없어 순진한 아들에게 거짓말까지 하는지 모르겠다. 내가 삼계탕이 되려면 적어도 두 시간 정도는 걸린다. 그 시간 동안 분명히 아무것도 먹지 않았다는 것을 내가 알고 있는데 본인은 배가 부르단다. 삼계탕을 만드는 동안 조금씩 먹었다고 아들에게 거짓말을 하는 것이다. 삼계탕을 하는 동안 나를 어떻게 먹지? 아직 익지도 않았는데 먹는다는 게 말이 되나? 백번 양보해서 생대추를 하나 씹어먹거나 부러진 인삼 뿌리 끝부분을 먹을 수는 있겠다. 하지만 그것 좀 먹는다고 배가 부르진 않다는 건 어린 병아리도 다 안다.

'먹긴 뭘 먹어? 하나도 안 먹는 거 내가 다 봤는데! 어디 웃으면서 아들에게 거짓말하고 있어! 사람이 그렇게 살면 안 돼. 아무리 그래도 최소한 아들에게는 거짓말하지 말아야지.'

아들에게 웃으면서 거짓말을 하는 동철이 엄마를 보니 황당하다. 어렸을 때부터 거짓말은 나쁘다는 이야기를 듣고 자랐다. 그래서 거짓말을 하지도 않고, 가끔 주위에서 거짓말하는 것을 들을 때면 인상부터 찌푸려졌다. 하지도 않고 듣지도 않던 거짓말을 지금 듣고 있자니 더욱 화가 났다. 그것도 어린 병아리조차 알 만한 그런 얕은 거짓말이라니! 근데 이게 웬일이람? 동철이 대답이 더 가관이다.

"아, 그때 드셨어요? 그럼, 잘 먹겠습니다."
"……."

뭐, 삼계탕을 준비하면서 먹었다고?
너 같으면 삶지도 않은 생닭을 뜯어 먹었겠니?
너 같으면 익지도 않은 찹쌀을 씹어 먹었겠니?
야, 재료 손질하고 삶고 준비하는 과정을 보고나 그렇게 말하는 거니?
음식 준비하는 걸 봤어야 그런 말을 안 하지!
답답하다, 답답해. 6학년이나 돼서는 분위기 파악도 못 하니?
얘는 뭐가 똥이고, 뭐가 오줌인지 구분을 못 하네.

동철이가 엄마 말이면 다 믿는 착한 아이인지, 아니면 상황판단을 못 하는 조금 부족한 아이인지 모르겠다. 내가 보기엔 상황판단을 제대로 못 하는 쪽에 더 가까운 것 같다. 엄마가 늦게 집에 와서 나를 씻고 재료들 손질하고 음식으로 만들려면 얼마나 시간이 오래 걸리는데, 그새 어떻게 먹었을 것이며, 먹는다고 해도 얼마나 먹었겠냐? 근데 그 말을 철석같이 믿고 혼자서 나를 맛있다고 뜯어 먹는 모습 봐라!

"아휴, 이 한심한 놈아. 혼자 그렇게 뜯어 먹고 있으니까 좋냐? 배부르냐? 6학년이나 돼서 눈치도 없이 쩝쩝대며 먹고 있는 꼴이라니. 너 이렇게 혼자 먹고 있으면 나중에 분명히 후회하게 될 거다."

얘는 내 말이 안 들리는 건지 아니면 일부러 안 듣는 건지, 꿋꿋하게 나를 소금에 찍어 먹기까지 하고 있다.

"우리 아들 맛있게 잘 먹네."

생각 없이 먹고 있는 동철이를 보면 화가 치밀어 오른다. 하지만 그보다 더 화가 나는 것은 따로 있다. 사람이 눈치가 없을 수도 있고, 상황을 제대로 판단하지 못할 수도 있다. 그러면 제대로 설명해주고, 짚고 넘어가야 하는 건 정확히 짚어줘야 한다. 그래야 똑같은 실수를 하지 않을 테니까 말이다. 하지만 본인은 배부르다며 아들 앞에 음식을 가득 채워주는 모습이 어디 아들이 잘되기를 바라는 부모의 올바른 마음이라 할 수 있겠는가? 엄마의 말을 철석같이 믿고 있는 아들을 보며 환하게 웃는 모양새를 보고 있자니 속이 뒤집어진다.

"아줌마, 얘가 다 먹기 전에 얼른 한 점이라도 먹어요! 금방 없어지잖아요. 얘는 아줌마가 배부르다고 생각하는 멍청한 아이예요. 말 안 하면 모르는 그런 눈치 없는 놈이라니까요. 그러니 얼른 젓가락 들어요. 다 먹고 살자고 일하고 돈도 버는 거잖아요!"

내가 좋아하지 않는 속담이 하나 있다. 바로 '꿩 대신 닭'이다. 꿩이 필요한데 꿩이 없어서 닭으로 대신한다는 그 속담 말이다. 꿩이 사는 마을에서나 지들이 주인공이지 여기서는 아니다.

"통닭 한 마리 포장해주세요"라고 하지 누가 "통꿩 한 마리 포장해주세요"라고 하나? 여기에선 내가 스포트라이트를 환하게 받는 주연이고, 이 구역의 대장이다.

"아줌마, 내가 이런 존재라니까요. 그니까 아줌마도 아들 뒤에 가려진 조연으로 살지 말고 당당하게 주연으로 사세요. 아들 좋아하는 것 다 주고 나면 뭐 좋을지 알아요? 어림도 없어요. 지들은 자기가 혼자 잘 크고, 잘 공부한 줄 안다니까요. 어버이날에 〈어버이 은혜〉 노래만 부르면 뭘 해요? 실제로는 고마워하지도 않는데."

동철이 엄마에게 하고 싶은 말이 많다. 자식들을 위해 이것저것 다 주고 나니 빈털터리가 된 늙은 부모를 찾아오지도 않는다는 뉴스, 자녀가 있지만 홀로 남은 부모가 고독하게 지내다가 쓸쓸히 돌아가셨다는 신문기사 등이 차고 넘치는 요즘이다.

물론 내가 이렇게 말하면 동철이 엄마는 무슨 음식 하나 가지고 그렇게 과장이냐고 할 수도 있다. 하지만 '하나를 보면 열을 안다'고 혼자 닭다리를 뜯고 있는 이놈은 분명 커서도 닭목 좋아한다고 말한 엄마에게 닭목을 주고, 자기는 맛있는 닭다리와 가슴살을 먹을 놈이다.

"그니까 아줌마도 정신 차리고 지금이라도 빨리 닭다리 하나 들고 맛있게 드세요. 안 그러면 저 녀석이 혼자 다 처먹는단 말이에요!"

⑤
지각생치고는 꽤 똑똑한데!

| 서술자 | **무궁화반 김용현**

| 등장인물 | **김용현, 나동철**

"용현아, 가자!"
친구들과 함께 교실에 있다가 국어, 수학 시간이 되면
내 손을 잡고 함께 어디론가 가는 친구가 있다. 그 친
구는 나를 '야, 김용현'이라고 부르지 않는다. '김용현'
이라고 부른다.

"이히히 이히히."

　자꾸만 웃음이 나오고, 머리에 손이 올라간다. 웃긴 이야기를 들어서도 아니고, 머리가 가려워서도 아니다. 그냥 웃음이 나고, 손이 위로 올라간다. 나는 해봄 초등학교 6학년 3반 김용현이다. '천재 김용현' 말이다. 친구들은 나를 또 '무궁화반 김용현'이라고도 부른다.

　친구들과 함께하는 수업시간은 항상 즐겁다. 즐거우니까 의자에서 일어서기도 하고, 책상을 손바닥으로 치기도 하고, 흥얼흥얼 노래를 부르기도 한다. 나는 이렇게 수업시간이 재미나고 즐겁지만, 선생님과 친구들은 아닌 모양이다. 인상을 찌푸리며 그만하라고 하는 친구가 있는가 하면, 내 손을 잡고 의자로 데리고 가는 친구도 있다.

"김용현! 돌아다니지 말고 자리에 앉아!"
"야, 김용현! 자리에 좀 앉으라고!"
"야, 김용현! 그렇게 소리 내면 공부하는 데 방해되잖아!"
"야, 김용현! 내 물건 함부로 만지지 말라고 했잖아!"

친구 대부분은 좋게 말하지만 한두 명은 꼭 화를 내면서 말을 한다. 나는 분명히 성이 김이고 이름이 용현인 '김용현'이지만 어느새 '야, 김용현'이 되어있다. 성이 야고 이름이 김용현으로 바뀌어버렸다.

"좋은 말로 해! 그렇게 화내면서 말하지 마! 좋게 이야기해도 다 알아먹거든! 그리고 다른 애들은 너한테 허락 맡지 않고 물건 만져도 뭐라 하지 않으면서 내가 만지면 왜 그렇게 화를 내는데?"

이렇게 또박또박 말하고 싶지만 어떤 말로 시작해야 할지 적절한 단어들이 떠오르지 않는다. 머릿속은 하얘지고 그저 실없는 웃음만 나온다. 그럴 때면 나쁘고 무서운 그 친구들은 내게 버럭 소리를 지르거나 어깨를 꽉 잡기도 한다. 물론, 이런 행동들은 선생님이 보지 않을 때 일어난다. 선생님이 보고 있으면 아무 말도 하지 못하면서, 선생님이 다른 곳을 보거나 자리를 비울 때면 나를 꼭 이렇게 대한다. 화나고 억울해서 이 모든 사실을 선생님에게 말하고 싶지만 내 마음을 전할 적절한 말들이 떠오르지 않는다. 그저 웃음만 나올 뿐이다.

"용현아, 가자!"

친구들과 함께 교실에 있다가 국어, 수학 시간이 되면 내 손을 잡고 함께 어디론가 가는 친구가 있다. 그 친구는 나를 '야, 김용현'이라고 부르지 않는다. '김용현'이라고 부른다. 내 이름을 정확하게 기억하고 있다. 꽤나 똑똑하다. 이 친구 이름이 뭐였더라? 조금 전까지 알고 있었는데 얼른 이름이 떠오르지 않는다. 동, 동찬? 동천? 동칠? '동'으로 시작하는 이름인데…….

매일 무궁화반으로 가는 길에 내가 어디 다른 데로 갈까 봐 손을 꼭 잡고 가는 친군데 이름이 항상 헷갈린다. 나를 도와주는 친구의 이름은 잊어버리지 않겠다고 나 자신과 약속했다. 약속을 지키기 위해서 나를 도와주는 친구의 이름을 머릿속으로 반복해서 중얼거렸다. 밥을 먹을 때도 중얼거렸고, 잠을 자기 전에도 잊지 않기 위해 노력했다. 분명 그때는 분명하게 기억났는데 뒤돌아서면 '동'으로 시작하는 그 친구의 이름이 바로 생각나지 않는다.

'기억하자. 기억하자. 나를 도와주는 친구 이름은 기억하는 게 사람 된 도리 아닌가! 그니까 잊어버리지 말고 기억하자.'

이렇게 머릿속에서 되뇌곤 하지만 도무지 기억나지 않는다. 나를 도와준 친구 이름도 기억하지 못하는 내 머리가 원망스럽고 부끄럽다. 머리는 장식으로 달고 다니는 게 아니라 이렇게 중요한 일에 사용하라고 있는 건데 말이다.

매일 아침 엄마 손을 잡고 학교로 걸어간다. 딱딱한 바닥이 내 발을 아프게 하고 빵빵 소리를 지르는 자동차 소리가 내 귀를 쿡쿡 찌르지만, 머리카락을 스쳐 지나가는 시원한 바람이 좋다. 코 끝으로 전해지는 향긋한 꽃향기가 마음에 들고, 알록달록 예쁜 옷을 입고 사뿐사뿐 걸어가는 사람들이 보기 좋다. 기분이 좋을 때 콧노래가 빠지면 섭섭하다. 그래서 밖에 나올 때면 항상 흥얼흥얼 노래를 부른다. 지나가던 사람들이 나를 흘깃대지만 상관없다. 흥이 나는 것을 밖으로 표현하지 않으면 가슴 속이 답답해서 병이 날 것만 같다. 처음에는 내 손을 꽉 잡으며 조용히 하라고 했던 엄마도 이제는 내가 흥얼거릴 때마다 사랑스러운 눈빛으로 나를 바라본다. 물론 엄마도 처음부터 주위 사람들의 시선에 신경 쓰지 않은 것은 아니었다. 집에만 있던 엄마가 어느날부턴가 나를 데리고 밖으로 나가기 시작했다. 주변 사람들에게 연신 "죄송합니다"라고 하면서도 밖으로 나가는 일을 멈추지 않았다. 그 때문인지 나는 더 많은 것을 보고 더 많은 것을 만지고 더 많은 것들의 냄새를 맡을 수 있었다.

"영화관이 이렇게 생겼구나! 영화 티켓은 공책보다 두께가 더 얇구나! 저 멀리 풍겨오는 팝콘 냄새는 아주 고소해!"

집에서 학교까지 가는 길에는 항상 엄마가 있었다. 엄마가 교실에도 들어오면 좋으련만 엄마는 나를 교실 앞까지만 데려다주고 가셨다. 이후부터는 나를 도와주는 친구가 엄마 역할을 대신해 준다. 6학년 3반 교실에서 친구들과 모든 시간을 함께 공부하고 싶지만 그럴 수 없다. 수업이 시작되면 선생님은 지금 내가 있는 6학년 3반이 아닌 무궁화반으로 나를 보낸다.

꽃을 좋아하는 나지만 '무궁화반'은 쪼끔 그렇다. 사실 무궁화는 내가 좋아하는 꽃은 아니지만 거미반, 모기반보다는 훨씬 낫다. 다리가 여러 개 달리고 징그럽게 생긴 거미 이름이 붙은 반이라니 끔찍하다. 밤새 앵앵거리며 잠을 설치게 하는 모기는 또 어떤가? 내가 싫어하는 거미와 모기가 아니라 그나마 꽃의 이름을 지어준 선생님께 감사할 따름이다.

친구들과 헤어져서 수업을 듣는 것은 항상 아쉽다. 그래도 내가 싫어하는 거미나 모기 이름이 아니라 그나마 '무궁화'라고 쓰인 반으로 가기에 아쉬움을 덜어낼 수 있다. 6학년 3반에서 무궁화반으로 가는 길은 항상 새롭다. 분명히 오른쪽으로 꺾어서 내려간 것 같은데 동찬인가 동칠인가 하는 친구는 내 손을 잡고 왼쪽으로 꺾어 내려간다.

"그 길 아니야! 오른쪽으로 가야지! 내가 이 길을 몇 번이나 와봤는데! 어제도 와봤고, 작년에도 와봤고, 재작년에도 재재작년에도 와본 길이야! 눈 감고도 갈 수 있는 길이니까 내 말을 들으라고!"

마음속으로는 크게 외치지만 입에서는 그저 웃음만 나올 뿐이다. 웃음만 나오면 다행이지, 가끔은 침도 흘러내려서 민망하다. 아침마다 엄마는 침을 흘릴 때 닦으라고 손수건을 바지 오른쪽 주머니에 넣어주시지만 난 한 번도 그 손수건을 사용해본 적이 없다. 침을 닦으려고 왼쪽 주머니에 손을 넣으면 손수건이 없기 때문이다. 엄마는 분명 손수건을 넣어놨다고 했는데, 아무리 찾아도 손수건이 없다. 학교 오는 동안 빠졌거나 아니면 엄마가 깜빡하고 손수건을 넣지 않은 게 확실하다. 그렇지 않고서야 왼쪽 주머니에 있어야 할 손수건이 이렇게 안 나타날 수는 없는 것이다.

손수건 생각을 하며 계단을 내려가다 보면 어느새 '무궁화반'에 도착한다. 사실 나는 '무궁화반'이라는 말이 싫다. 장미반, 튤립반 같이 예쁜 꽃들도 많은데 한 번도 보지 못한 무궁화를 반 이름으로 정해 놓다니. 무궁화가 무슨 우리나라를 상징하는 꽃이라도 된단 말인가? 아마 교장 선생님이 좋아하는 꽃이 무궁화이거나, 아니면 이 네모난 학교를 만든 사람의 이름이 '김무궁화'였을 게 틀림없다. 자기가 설계한 학교를 보면서 너무 기쁜 나머지 자기 이름을 딴 교실을 만들고 싶었던 게 아닐까? 그 사람의 이름이 '김장미'나 '김튤립'이었다면 얼마나 좋았을까?

"용현아, 조금 있다가 수업 끝나는 시간에 맞춰 데리러 올게!"

동칠인가 동천인가 하는 친구가 이제야 내 손을 놓더니 나를 보며 손을 흔든다.

'뭐야, 싸우자는 건가? 왜 날 보고 웃으면서 손을 흔들지? 쟤는 내가 웃긴가? 하기야 내가 좀 유머러스한 면이 있기는 하지. 잠깐

만! 아까 나랑 같이 온 재랑 어제도 여길 온 것 같은데, 여기가 무슨 반이었더라?'

머릿속에 가득 차 있는 복잡한 생각들은 네모나게 생긴 무궁화 반에서는 도무지 풀리지 않는다. 이럴 때는 시원한 바람이 부는 넓은 운동장으로 가거나 아니면 메뚜기들이 뛰어다니는 학교 뒷산으로 가야 해결된다.

'그렇지. 이렇게 머리가 복잡할 때는 밖으로 나가는 게 상책이야. 운동장이랑 학교 뒷산에 가보면 복잡하게 엉킨 생각들도 모두 풀릴 거야!'

"드르륵."

나는 살금살금 뒷걸음질 치며 교실 뒷문으로 갔다. 그리고 '쉿!' 아무도 모르게 조용히 문을 열었다.

'아무도 못 봤겠지? 역시 나는 달팽이보다 빠르고 천둥소리보다 조용한 사람이야! 세상에 나보다 더 빠른 사람은 없을 거야. 우사인 볼트가 오더라도 나한테는 안되지.'

완전범죄를 꿈꾸며 조용히 뒷문을 열자 누군가 떡하니 서 있었다.

'아휴, 깜짝이야. 십이지장 떨어질 뻔했네! 아까 분명히 교실로 간다던 그 동칠인가 동천인가 하는 아이잖아?'
"용현아, 교실로 들어가야지! 혼자 밖으로 나오면 안 돼!"

동칠이는 내 손을 잡고 다시 무궁화반으로 들어갔다. 내가 밖으로 나가고 싶어 하는 것을 어떻게 알았는지 참으로 신기하다. 말하지도 않았는데 말이다. 내게 화내지 않고 소리치지도 않으면서 내 손을 꼭 잡아주는 이 아이에게 왠지 모르게 정이 간다.

'근데 얘는 이 시간에 자기 반에 가지 않고 왜 여기 서 있지? 공부하기 싫어서 땡땡이를 친 건가? 알았다! 늦잠 자서 학교에 지각하고 선생님께 혼날까 봐 교실에 들어가지 못한 거야. 정이 간다고 했던 말은 취소해야겠다. 정이 가긴 하지만 기본적으로 늦잠 자서 학교에 지각하는 애하고는 친해지고 싶지 않아. 내 사전에 지각이란 없다. 지각은 나태함이고, 나태함은 곧 성실하지 못한다는 말과 같기 때문이다.'

"용현아, 시간을 읽을 줄 알아야 학교도 다닐 수 있고 직장에서 일할 수도 있는 거야. 시간을 모르는데 어떻게 학교나 직장에 늦지 않고 갈 수 있겠니? 그러니 엄마가 시간 읽는 방법 가르쳐주면 잘 기억해야 해!"

엄마는 매일 커다란 시계를 가져와서 내게 시간 읽는 법을 가르쳐준다. 시간 읽는 법은 지루하고 따분하지만, 엄마는 시간을 읽을 줄 알아야 학교에 지각하지 않고, 또 직장에서 돈도 벌 수 있다고 하셨다. 그래서 엄마 설명에 잠이 쏟아져도 졸린 눈을 비벼가며 시간 읽는 방법을 공부하고 있다.

시간의 세계는 참 이상하다. 57, 58, 59분 다음에 60분이 되지 않고 1시간이 된다. 59 다음에 60이 된다는 것은 숫자를 읽을 줄 아는 어린아이들도 다 안다. 그런데 시간을 읽을 때는 59 다음에 1이 된다. 어떻게 59 다음 수가 1이 될까? 그럼 59 다음 숫자인 60과 1이 같다는 뜻인가? 그리고 12 다음은 13인데 시곗바늘을 보면 12 다음에 다시 1이 된다. 그러면 12 다음 숫자인 13과 1이 같다는 건가? 이래서 내가 시간 읽는 것을 어려워하는 것이다. 이런 말도 안 되는 숫자들을 배우는데 화가 나지 않는 사람은 없을 거다. 말도 안 되지만 그래도 나를 사랑하는 엄마가 가르쳐주는 것이라서 배우고 있다.

나도 이렇게 낑낑대며 학교에 지각하지 않으려고 시간 읽는 법을 배우고 있는데, 얘는 6학년이나 돼서 아직도 늦잠이나 잔다. 당연히 학교에 지각하게 되니 선생님께 혼날까 봐 교실에 들어가지도 못하고 있다. 참으로 답답한 아이다.

'한심한 친구야, 그러니까 밤늦게까지 TV를 보거나 게임하지 말고 일찍 잤어야지! 아무리 그것들이 재밌어도 늦게 자면 오늘처럼 지각하게 되잖아. 설마 너, 시간 읽지 못하는 거 아니야? 시간을 제대로 못 읽으니까 학교에 언제 도착해야 하는지 몰랐던 거지? 그래서 지각한 거지? 그니까 나처럼 시간 읽는 법을 열심히 공부했어야지. 일찍 자야 일찍 일어난다는 소리도 못 들어봤니?'

'잠깐만, 근데 얘가 내 이름을 어떻게 알지? 내가 가르쳐준 적도 없는데. 혹시 집에서부터 나를 미행한 거 아니야? 아니면 내가 공부를 잘하고 있는지 염탐하려고 엄마가 고용한 사립탐정인가? 그것도 아니라면 얼굴만 보고도 이름을 맞춘다는 그 유명한 마술사인가? 아무튼 밖에 서 있는 저 아이는 내 이름도 아는 꽤 똑똑한 아이인 것만은 확실하다.'

지각생치고는 꽤 똑똑한데.

6

마음의 소리를 나타내는 것

| 서술자 | **우리가 하는 말(들)**

| 등장인물 | **말, 나동철**

내가 3만 년을 살면서 돌아보니 제대로 말을 하는 사람은 의외로 많지 않다. 나를 함부로 내뱉거나 혹은 상스러운 말들 속에 나를 담아 마구 뿜어내는 경우를 많이 봤다. '말한다'가 아니라 '토한다'라는 표현이 적절하고, '대화한다'가 아니라 '냄새나는 똥을 싸질러 놓는다' 쪽에 더 가깝다.

　말하기에 어려움을 느끼는 사람은 많지 않다. 그냥 생각하는 것만으로도 충분히 입 밖으로 말이 나오기 때문에 말하는 과정은 아주 자연스럽다. 하지만 내가 3만 년을 살면서 돌아보니 제대로 말을 하는 사람은 의외로 많지 않다. 나를 함부로 내뱉거나 혹은 상스러운 말들 속에 나를 담아 마구 뿜어내는 경우를 많이 봤다. '말한다'가 아니라 '토한다'라는 표현이 적절하고, '대화한다'가 아니라 '냄새나는 똥을 싸질러 놓는다' 쪽에 더 가깝다.

　나는 어려서부터 바른말을 사용하며 살았다. 동네 어른들에게 좋지 않은 말 한 번 듣지 않고 자랐으며, 남에게 손가락질받을 만한 일도 하지 않았다. 당연히 주위에 있던 말들은 나를 좋아했고, 나 역시 내가 살아온 삶에 자부심을 느낀다.

그런데 시대가 바뀌었는지, 아니면 사람들의 삶이 예전보다 팍팍해져서인지는 잘 모르겠으나 나를 사용하는 사람들의 입이 많이 거칠어졌다. 나를 밖으로 말하기 전에 한 번만 생각해보면 좋으련만 그대로 뱉어내는 경우가 많다. 생각을 거치지 않고 뱉어내는 말은 십중팔구 다른 사람의 마음에 상처를 남긴다. 한 번만 더 생각하고 말한다면 상대방의 마음에 송곳처럼 찌르는 아픔을 남기지 않을 것이다. 또한 나로 인한 다툼도 일어나지 않을 것이다.

나에 대해 돌아보는 시간이 늘어날수록 차라리 내 가치를 돈으로 인정해 달라고 하고 싶다. 명사 하나에 천 원, 조사는 백 원, 대명사는 이백 원, 외래어와 외국어는 오백 원. 이렇게 낱말에 가치를 매기고 돈을 주고 구입한 사람만 그 낱말을 입 밖으로 말할 수 있게 하는 거다. 적은 돈이라도 값을 치르고 샀다면 더욱 신경 쓰면서 관리할 것 같다. 마치 사랑하는 애장품처럼 말이다.

안타깝게도 사람들은 나를 사용할 때 별도로 비용을 지불하지 않는다. 태어나는 순간부터 공짜로 얻었고, 죽는 순간까지 돈 한 푼 내지 않는다. 그러기에 나는 평생 공짜로 얻을 수 있는 그런 가치 없는 존재가 되어버렸다. '사람들이 돈으로 나를 사면 얼마나 좋을까? 그러면 다들 나를 귀하게 여겨주겠지. 함부로 뱉어내지 않겠지. 생각하고 말하겠지.' 이런 생각들을 하니 절로 웃음이 나온다. 의자에 앉아 혼자서 피식피식 웃고 있는데 옆에 있던 친구가 내 마음을 어떻게 알았는지 입을 삐죽거리며 말을 건다.

"그런 생각이 꼭 좋은 것만은 아니야. 돈으로 우리를 사게 되면 좋지 않은 일도 일어날 거야."

물론 나도 안다. 말하기 위해 단어를 돈으로 사야 한다면 돈이 많을수록 자신에게 필요한 말들을 많이 할 수 있게 될 것이다. 반면 돈이 없는 사람들은 억울하더라도 자신의 상황을 제대로 주위 사람들에게 전할 수 없게 되겠지. 또 부자들은 사랑하는 사람들에게 자신의 마음을 자유롭게 표현할 수 있겠지만, 가난한 사람들은 사랑한다는 말도 제대로 할 수 없게 될 것이다. 그러나 오죽하면 내가 그런 생각을 할까?

내가 평소 짠하게 생각하며 눈여겨보던 학생이 있다. 이름은 나동철. 집을 얼마나 치우지 않았는지 방 이곳저곳에 쓰레기가 쌓여 있고, 거기에 사는 바퀴벌레들이 친구하자며 나타나는 그런 집에 산다. 쭉 지켜보니까 엄마, 아빠는 없는 것 같고 형이 한 명 있는데 밤늦게 집에 오는 것 같다. 혼자 밤에 라면을 끓여 먹고, TV를 보다 잠드는 것을 보니 딱히 형이라는 사람도 제대로 동생을 잘 챙기지는 못하는 것처럼 보였다.

집에 있는 동안 동철이가 말하는 걸 거의 듣지 못했다. TV에서

나오는 소리 말고는 한 번도 제대로 말하는 걸 듣지 못했다. 처음
에는 말을 하지 못하는 병에 걸린 사람인가 싶었다. 하지만 혼자
중얼거리는 걸로 봐서는 그건 아닌 게 틀림없다.

　"엄마, 저녁은 드셨어요?"
　"엄마, 삼계탕 함께 먹어요."
　"엄마, 삼계탕 너무 맛있어요."
　"엄마, 맛있는 음식 해주셔서 감사해요."
　"엄마는 정말 음식을 맛있게 만들어요."
　"엄마, 이건 완전히 돈 받고 팔아도 되는 그런 맛이에요."

마지막으로,

"엄마, 사랑해요."

　"왜 그때는 이런 말을 하지 않은 채 바보처럼 꾸역꾸역 먹기만
했을까?"
　"말 한마디 하는 게 뭐 그리 어렵다고 입을 꾹 다물고만 있었을
까?"
　"돈 드는 것도 아닌데 왜 쉽게 이야기하지 못했을까?"

"바보! 멍청이! 똥개! 말미잘! 미련곰탱이!"

중얼중얼하는 이야기를 들어보니 엄마에게 해야 할 말이 있었던 것 같다. 하지만 그 말을 하지 못했고, 그런 자신을 원망하고 있었다. 사랑한다고 제대로 말하지 못하는 사람들을 많이 봤다. 사랑한다는 말이 너무 늦은 그런 일도 있었다. 또한 사랑한다는 말이 사라지기도 하고, 그 의미가 변하기도 했다. 그런데 갑자기 삼계탕이라니? 도통 무슨 말인지 잘 모르겠다.

'엄마에게 삼계탕을 먹어보라고 하지 않은 것에 대해서 후회하고 있나? 아니면 자기 혼자 삼계탕을 다 먹은 것이 미안한 건가? 그것도 아니면 엄마가 삼계탕을 좋아하는데 해드리지 못한 게 마음에 걸린 건가?'

많은 사람이 나를 소중하게 생각하지 않고 발끝에 차이는 작은 돌멩이처럼 아무렇지 않게 생각할 때가 많다. 이런 사람들을 볼 때면 빨리 내 가치를 돈으로 인정하는 법을 만들고 싶어진다. 하지만 더러운 집에서 혼자 중얼거리는 동철이를 보고 있노라면 그럴 수만은 없겠다는 생각이 든다. 가난한 아이가 누군가에게 사랑한다는 말도 못 하고, "삼계탕 드셔보세요"라는 말도 돈이 없어서 못 한다면 그보다 슬픈 일은 없을 것이다.

동철이 말을 들어보니 사랑하는 사람과 연락할 수 없을 만큼 멀리 떨어져 있거나, 아니면 죽음이라는 관계로 헤어진 상태인 것처럼 보였다. 이유는 모르겠지만 사랑하는 사람에게 사랑한다고 말하는 게 현실적으로 불가능하다는 걸 알 수 있었다. 하지만 이런 상황에서 사랑한다는 말조차 입 밖으로 끄집어낼 수 없다면 너무 가혹한 것이 아닌가?

'무지함을 건드려 깨닫게 하고, 교만함을 깨우쳐 겸손하게 하며, 마음을 어루만져 희망을 주어라.'

이것이 옛날부터 내려오는 우리 집만의 가훈이다. 아빠는 일주일에 한 번씩 가족끼리 둘러앉은 가족회의 시간이면 항상 우리에게 이 말을 해주셨다. 어렸을 때는 그저 아무 생각 없이 따라하기만 했다. 가훈 속에 어떤 의미가 담겨있는지 설명해주셨지만 별로 귀담아듣진 않았다. 일주일, 한 달, 일 년, 아빠가 들려주는 이야기는 매번 크게 다르지 않았지만 내가 이해하는 내용은 조금씩 달라졌다. 모르던 내용을 조금씩 알게 되었고, 숨겨진 의미도 이해되기 시작했다. 그리고 가훈을 지키기 위해 아버지, 할아버지, 증조할아버지, 그 위에 할아버지 등 조상님들이 오랫동안 노력해왔다는 것도 알게 되었다.

살다 보면 주위에서 들려오는 나쁜 말들을 많이 만난다. 처음에 그런 말을 들었을 때는 기분이 나쁘고, 그 자리를 얼른 피하고 싶었다. 하지만 익숙해짐은 나를 점차 무감각하게 만들었고, 이제는 내가 좋은 말인지 나쁜 말인지 구분이 잘 안 될 만큼 혼란스러울 때도 있다.

어렸을 때 아버지가 항상 강조한 우리 집 가훈을 잊고 살았다. 할아버지에, 그 할아버지에, 또 그 할아버지가 누누이 강조한 그 말이 다시금 떠올랐다. 사람을 죽이지 않고 살리는 말, 사람의 마음을 어루만져 희망을 주는 말, 좌절보다는 용기를 북돋아주는 말, 나는 그런 말이었다. '삼계탕' '사랑' '드셔보세요' 누군가에게는 중요하지 않은 말일 수도 있고, 또 누군가는 평생 한 번도 하지 않을 말이기도 하다. 하지만 동철이처럼 어떤 사람에게는 그 몇 마디 말을 하지 못해서 평생 가슴에 한으로 남을 수도 있다.

화내지 말자.
조금 더 참자.
돈을 주고 나를 살 수 있는 법을 만드는 것을 조금 미루자.

오늘도 동철이를 보면서 한 번 더 참기로 한다.

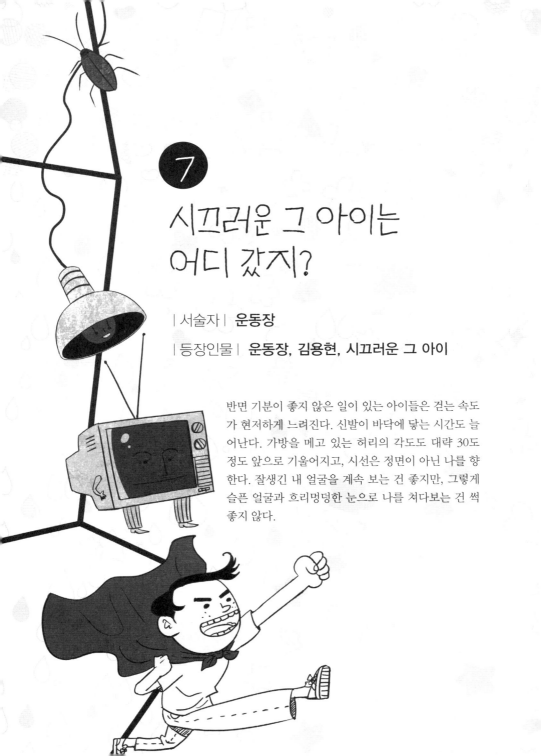

7

시끄러운 그 아이는
어디 갔지?

| 서술자 | **운동장**

| 등장인물 | **운동장, 김용현, 시끄러운 그 아이**

반면 기분이 좋지 않은 일이 있는 아이들은 걷는 속도
가 현저하게 느려진다. 신발이 바닥에 닿는 시간도 늘
어난다. 가방을 메고 있는 허리의 각도도 대략 30도
정도 앞으로 기울어지고, 시선은 정면이 아닌 나를 향
한다. 잘생긴 내 얼굴을 계속 보는 건 좋지만, 그렇게
슬픈 얼굴과 흐리멍덩한 눈으로 나를 쳐다보는 건 썩
좋지 않다.

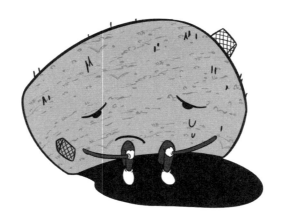

　몇 년 전까지만 해도 나는 아이들 사이에서 가장 인기가 좋았다. 모든 아이들이 나를 차지하기 위해서 앞다투어 뛰어나왔다. 모래바람이 진한 안개처럼 뿌옇게 날리고, 그 위에 축구공 대여섯 개 정도가 날아다녀야 살아있는 것처럼 느껴졌다. 어떤 날은 우르르 뛰어다니는 많은 아이들 때문에 몸이 아플 정도였다. 그중 단연코 시끄러운 아이가 한 명 있었다. 뛰는 건 그렇다 치더라도 시끄럽기까지 해서 기억이 난다.

　"이쪽으로 패스!"
　"공, 나에게 보내!"
　"그쪽이 아니라 이쪽이라니까!"

축구 할 때 자기에게 공을 패스해 달라거나, 득점하지 못했을 때 아쉬워하며 소리 지르는 경우는 많이 봤다. 이것은 6학년뿐만 아니라 1학년 아이들도 마찬가지다. 이른 아침 유니폼을 맞춰 입은 한 무리의 어른들이 축구를 할 때도 이런 일들이 번번이 일어난다. 그런데 그 시끄러운 아이는 한술 더 뜬다.

"네~, 영훈 선수 빠르게 공을 몰고 갑니다. 상대팀 지훈 선수, 영훈 선수의 돌파를 막기 위해 태클을 하는군요. 이런! 태클이 깊었나 봅니다. 영훈 선수 넘어지는군요. 이러면 영훈 선수와 지훈 선수 충돌이 일어날 수밖에 없겠는데요. 아이고, 결국 두 선수 화를 내며 서로 싸우기 시작합니다. 옆에 있던 다른 선수들도 함께 몸싸움을 하네요. 아이들이 보고 있는 축구 경기에서 이러면 안 되죠. 선수들 반성해야 합니다~."

축구를 하다 말고 갑자기 경기를 중계한다. 어찌나 말을 쫀득쫀득 맛있게 하는지 경기 중이던 다른 사람들까지 시끄러운 아이의 말에 귀를 쫑긋 세운다.

"골이에요! 골! 이렇게 2 대 1로 경기는 끝나고 동철팀이 우승했습니다!"

어느새 축구팀 이름이 축구 중계를 하는 동철이의 이름으로 바뀌어 '동철팀'이 되어버렸다. 매일 하는 축구 경기지만 시끄러운 동철이가 중계를 할 때면 나도 모르게 경기에 집중하게 된다. 다른 아이들이 있을 때는 삭신이 쑤시기만 하지 재미가 없었다. 몸이 아리더라도 재밌게 웃을 수만 있다면 얼마든지 뛰어놀라고 하고 싶지만, 다른 애들은 자기들끼리만 웃고 울고 화낼 뿐이다.

아이들은 보통 점심을 후딱 먹고는 내가 있는 곳으로 뛰어나온다. 밥 먹으러 간 지 5분도 안 돼서 잽싸게 뛰어오는 아이도 있고, 양 볼 가득 오물거리며 운동화를 재빠르게 구겨 신고 나오는 아이도 있다. 아이들은 서로 약속이나 한 것처럼 동시에 뛰쳐나와 땀을 뻘뻘 흘리며 축구공을 찬다. 하지만 모두가 이렇게 빨리 내게로 올 수 있는 건 아니다. 밥을 빨리 먹었는데도 나오지 못하는 아이들이 있는데, 백에 구십구는 식판을 들고 선생님 앞에 서 있다.

멀리 떨어져 있어서 선생님이 뭐라고 하는지 정확히 들을 수는 없다. 그렇지만 선생님의 치켜 올라간 눈썹만 봐도 뻔하다. 식판을 들고 있는 아이들의 입은 삐죽 나왔고, 양 눈썹은 살짝 내려가 있고, 고개는 한쪽으로 떨구고 있다. 딱 봐도 밥과 반찬을 너무 많이 남겼으니 더 먹으라는 잔소리를 듣는 것이다.

역시 선생님 이야기가 끝나자 아이들은 세상 무너진 표정으로 털레털레 자기 자리로 돌아간다. 그리고 천근만근 무거운 숟가락을 다시 들고 밥을 먹기 시작한다. 이렇게 하더라도 밖에 먼저 나간 친구들에 비해 5분 정도밖에 늦지 않는다. 1분이 60초니, 5분은 300초다. 아이들이 느끼는 300초는 어른들이 체감하는 300초보다 더 빠르니 5분 먼저든 늦든 큰 차이가 아니다. 하지만 이 아이들에게 5분은 다이아몬드보다 귀한 소중한 시간일 것이다.

시끌벅적, 웅성웅성, 티격태격, 요리조리.

5교시를 알리는 종이 치기 전까지 아이들도 바쁘고 나도 바쁘다. 잘되는 음식점도 정오인 12시부터 오후 2시까지 사람이 몰리는 것처럼 나도 이 시간엔 아이들로 북적거린다. 딱 이 시간만 잘 참아내면 차 한잔하며 조용한 시간을 홀로 즐길 수 있다. 그런데 내 예상이 빗나갔다. 아이들도 선생님들도 오지 않은 이른 아침부터 먼지바람을 일으키고 다니는 시끄러운 동철이가 나타난 것이다. 멀리서부터 축구공을 바닥에 탕탕 치는 소리가 들린다.

'뭐야! 학교에 오기에 이른 시간인데!'

'7시 30분에 학교에 오려면 동철이는 도대체 몇 시에 일어난 거야? 밥은 먹고 오는 건가?'

이런저런 생각을 하는 동안에도 바닥을 탕탕 치는 축구공 소리가 크게 들려온다. 선선한 바람과 함께 여유로움을 즐기려 했던 내 모든 계획이 물거품이 되어버렸다. 그래도 어쩌겠는가. 아침 일찍 나를 만나러 온 이 아이를 외면할 수는 없지. 그렇게 아침 1시간, 중간놀이 20분, 점심 먹고 30분, 수업 끝나고 1시간. 동철이는 이렇게 내 위에서만 약 3시간을 보낸다. 체육 수업 시간 빼고도 말이다. 이 정도 뛰었으면 지칠 만도 한데 하루, 이틀, 사흘, 나흘, 매일 하루도 빠짐없이 반복한다. 동철이의 부지런함에 한 번, 그리고 지치지 않는 체력에 다시 한번 박수를 보낸다.

"후다닥!"

갑자기 누군가 내 위를 빠르게 뛰어다닌다. 그리고 뒤이어 다른 한 명이 날렵하게 뒤따른다. 1층 출입구로 먼저 뛰어나온 아이를 자세히 살펴보니 내가 아는 용현이다. 용현이는 다른 아이들과 다르게 매일 아침 엄마와 함께 내 위를 가로질러 교실로 들어간다.

'얘는 유치원생도 아니고, 왜 꼭 엄마랑 함께 학교에 오지?'

멀리서부터 엄마 손을 꼭 잡고 오는 용현이와 엄마를 매일 유심히 살펴봤다. 용현이 엄마는 항상 용현이의 이름을 물어봤다. 그리고 엄마 핸드폰 번호, 엄마 이름, 집 주소 등을 물어보며 용현이가 제대로 기억하고 있는지 확인했다. 매일 듣고 있노라니 나도 모르게 용현이 엄마의 이름과 핸드폰 번호, 용현이 집 주소가 머릿속에 선명하게 기억되었다. 그 용현이가 지금 내 위를 돌아다니는 것이다. 지금이 오전 9시니까 이제 1교시 수업이 막 시작되는 순간이다. 교실에 있어야 할 용현이가 여기 있으면 안 되는데? 하지만 역시나 용현이의 달리기는 오래가지 못했다. 곧바로 재빠른 동철이가 나타났기 때문이다. 어찌나 빠른지 용현이는 금세 재빠르고 시끄러운 동철이에게 잡혀 교실로 들어갔다.

"용현아! 이렇게 교실을 뛰쳐나가면 안 돼! 교실에 들어왔으면 의자에 앉아있어야지. 너 혼자 뛰다가 넘어지거나 다칠 수도 있으니까 내가 데려오기 전까지는 교실에서 기다리고 있어야 해."

재빠르고 시끄럽고 상냥한 동철이는 용현이의 오른손을 잡고 함께 교실로 들어갔다. 용현이의 교실 탈출사건은 이후로도 몇 번 더 발생했다. 그때마다 용현이는 얼마 가지 못해 재빠르고 시끄럽고 상냥하고 끈질긴 동철이와 함께 웃으며 교실로 들어갔다.

"시끄러운 아이 봤어?"
"아, 동철이? 아니, 요 며칠 동안 보이지 않던데."

재빠르고 시끄럽고 상냥하고 끈질긴 동철이가 며칠 동안 보이지 않았다. 그래서 학교를 지키고 서 있는 교문한테 물었지만 교문 역시 동철이의 행방을 모르고 있었다. 이른 아침 커피 한 잔을 내리면서 부드럽게 흘러나오는 향기에 기분은 상쾌했지만, 마음 한구석은 왠지 모르게 찜찜했다. 분명히 이른 아침부터 땅바닥에 축구공을 탕탕 치는 소리가 들려와야 하는데 쥐 죽은 듯이 너무 조용했다. 하루 이틀은 커피 한 잔의 여유도 즐기고 조용한 가운데 책도 읽을 수 있었지만, 셋째 날이 지나고부터는 왠지 걱정되기 시작했다. 넷째 날이 되자 불안한 마음이 들었다.

'무슨 일로 동철이의 모습이 보이지 않지? 축구라면 자다가도 번쩍 일어나 나에게 올 아이인데 어째서 며칠 동안 코빼기도 안 보일까?'

이런저런 생각 속에 며칠이 지났다. 그러던 어느 날 아침, 느지막이 교문으로 들어오는 동철이가 눈에 띄었다. '동철이에게 무슨 일이 있었던 거지?' 다른 사람은 몰라도 나는 한눈에 알 수 있었다. 탕탕 바닥에 축구공 튀기는 소리가 들리지 않았고, 걸음걸이도 평소와 다르게 경쾌하지 않았다.

"동철이 표정 봤지?"

"평상시와 많이 다른 것 같아. 요며칠 보이지 않던데 그사이에 무슨 일이 있었나?"

"그니까. 아침부터 시끄럽지 않아서 좋기는 하지만 뭔가 찜찜한 건 기분 탓인가?"

축구골대와 이런저런 이야기를 나누다 보니 어느새 동철이가 사라지고 없었다. 내가 해봄 초등학교와 함께한 지는 벌써 90년이 다 되어간다. 90년이면 강산이 아홉 번 변했고, 나를 스쳐 지나간 아이들만 해도 6416명이 넘는다. 이제는 아이들 표정만 봐도 집에 무슨 일이 있는지, 선생님께 어떤 일로 혼났는지 단번에 알 수 있다. 상대방의 표정이나 움직임을 보고 그 사람의 속마음을 알아내는 기술을 '관심법'이라고 한다. 나는 거기에 한 술 더해 아이들이 걷는 걸음의 속도, 신발이 끌리는 바닥 소리, 가방을 멘 어깨 각도만 봐도 그 아이의 마음 상태를 대략 짐작할 수 있다. 90년을 허투루 산 게 아니란 말이다.

걸음 속도가 빠르다는 것은 마음이 분주하다는 뜻이다. 빨리 교실에 가서 해야 할 무언가가 있다는 말이기도 하다. 그 해야 할 일의 80% 이상은 숙제다. 숙제하지 않았으니 마음은 불안하고, 어떻게든 학교에 빨리 가서 숙제해야 하니 걸음이 빨라질 수밖에.

보통 이런 아이들의 신발에 차이는 바닥은 '촤악! 촤악!' 소리가 빠르게 반복된다. 걸음을 재촉하고 있으니 발바닥을 지면에 오랫동안 닿게 할 수 없기 때문이다. 하지만 뛰지 않으니 '탁! 탁!' 소리는 나지 않는다. 대신 빠르고 경쾌한 소리가 교실 입구까지 이어진다.

반면 기분이 좋지 않은 일이 있는 아이들은 걷는 속도가 현저하게 느려진다. 신발이 바닥에 닿는 시간도 늘어난다. 가방을 메고 있는 허리의 각도도 대략 30도 정도 앞으로 기울어지고, 시선은 정면이 아닌 나를 향한다. 잘생긴 내 얼굴을 계속 보는 건 좋지만, 그렇게 슬픈 얼굴과 흐리멍덩한 눈으로 나를 쳐다보는 건 썩 좋지 않다.

90년을 살아온 내 감으로 보면 분명 동철이 집에 일이 생긴 게 분명하다. 삶의 대부분을 아이들과 함께 보내서 아이들이 쓰는 말, 고민, 친구관계 등은 척 봐도 삼천리다. 여기에 한술 더 떠서 세상에 있는 모든 고민이 자기 것인 양 살아가는 아이들에게 기막힌 조언도 해줄 수 있다. '척하면 척' 알 수 있는 내공이 쌓여있으니까. 지금까지 내 경험으로 살펴보면 아침부터 시끄럽게 했던 동철이는 가족 중 누군가와 이별을 했거나 아니면 가족 중 누군가로부터 큰 상처를 받은 게 분명하다. 역시나 점심시간에 삼삼오오 모여있는 아이들의 이야기를 들어보니 내 예상이 맞았다. 사람은 쉽게 바뀌지 않는다. 큰 사건을 겪은 후에야 행동과 생각이 바뀌기 마련이다. 시끄러운 동철이가 조용해진 이유, 웃으면서 뛰어놀던 동철이의 표정이 시무룩해진 이유를 알 수 있을 것 같다.

요 며칠 따사로운 아침 햇살을 누구의 간섭도 받지 않고 누리고 있었다. 부드러운 코코아 향기로 마음마저 차분해진 아침은 그 어떤 것과도 바꿀 수 없을 만큼 내 삶의 중요한 부분이 되었다. 하지만 일주일 정도 지났나? 내 머릿속에서 사라져 가고 있던 '탕탕' 그 소리가 멀리서 들려왔다. '우리 학교가 아니겠지?' 처음에는 대수롭지 않게 생각했다. 하지만 축구공을 발로 차는 소리가 내 귀에 점점 가깝게 들려왔다. 멀리서 보이는 실루엣이 바로 그 시끄러운 동철이다. 경쾌한 발걸음과 환한 얼굴로 뛰어다니던 그 동철이가 돌아온 것이다. 이렇게 일주일 만에 전혀 다른 사람이 된 모습을 보니 어안이 벙벙하다. 머릿속에 물음표 백만 개가 가득 찰 만큼 이게 무슨 일인지 당황스럽기만 하다. 그래도 예전처럼 표정이 밝고 시끄러운 아이로 돌아오니 너무 반갑다. 멀리서 동철이를 바라보며 누군가가 큰 목소리로 부른다.

"동철아! 이쪽으로 패스!"

8

너도 밝아지고 싶니?

| 서술자 | **전등**

| 등장인물 | **전등, 변기, 나동철**

변기는 이 집이 지어진 후 나와 비슷한 시기에 들어온 친구다. 하지만 어찌나 나를 무시하고 잘난 체를 해대는지 처음부터 친하게 지낼 수는 없겠다고 생각했다. 딱딱하고 강하게 생긴 변기는 금세 친구들 사이에서 대장이 되었다. 친구들은 변기의 강한 주먹 앞에서 찍소리도 못했다.

　세상에는 밝게 빛나는 것들이 많다. 밤하늘의 별, 밤하늘을 예쁘게 수놓는 폭죽, 어두운 밤하늘을 가로지르는 비행기의 불빛이 있고, 또 내가 있다. 사람들은 자신이 좋아하는 연예인을 별처럼 반짝반짝 빛난다며 '스타'라고 부른다. 멋지게 빛나는 폭죽을 보며 환호성을 지르고, 비행기의 불빛을 보며 나도 어딘가로 떠나고 싶다는 설레는 마음을 품는다. 이렇듯 밝게 빛나는 것들은 모두 사람들의 사랑을 받으며 특별한 대우를 받는다.

　하지만 나는 다르다. 방을, 화장실을, 교실을 밝게 비추고 있지만 누구 하나 나를 신경 쓰지 않는다. 사람들은 빠른 걸음으로 걸어와 집게손가락을 살짝 편 후 스위치를 누른다. "딸깍" 소리를 내며 1초도 걸리지 않는 시간에 나는 주위를 밝게 비춘다. 내가 없다면 주위는 어둠이 넘쳐나고 사람들은 어둠 속에서 두려워할 것이 뻔한데도 그들은 내 존재를 알아주지 않는다. 고맙다는 말까지는 바라지도 않는다. 그저 그대들 주위에 있는 내가 유용한 존재라는 것만이라도 느끼고 살았으면 좋으련만……

'나는 누굴까, 어디에서 왔고, 또 어디로 가게 될까? 여기에 온 이유가 뭘까? 여기에서 무엇을 해야 할까?'

나에 대해 생각하면 할수록 머릿속이 더 복잡해진다. 밤하늘의 별은 밤새 사람들 머리 위에 떠 있다. 폭죽은 최소 몇 분 동안 밤하늘에 멋진 그림을 그린다. 비행기 불빛은 사람들 눈에 사라지는 그 순간까지 밝게 빛을 낸다. 그들은 뭐 금이나 다이아몬드로 만든 불빛을 내고, 나는 똥으로 만든 불빛을 내는 것도 아닌데 이렇게 차별 대우를 받는 것이 화가 난다. 처음에는 마음속 깊은 곳에서 불같이 뿜어져 나오는 화를 냈다. 쏟아져 나온 화는 원망이 되었고, 시간이 지나자 원망은 서운함이 되었고, 서운함은 결국 체념이 되었다. 이제는 사람들에게 개미 똥만큼도 기대하지 않는다. 나는 그저 스쳐 지나가는 아무런 의미 없는 존재일 뿐이라는 사실을 깨닫게 되었기 때문이다.

"내가 저기 앞에 자빠져 자는, 고린내 나는 신발보다 못한 게 뭐야?"

"내가 눈물만 펑펑 쏟아내고 있는 저 우산보다 못한 게 뭐야?"

"내가 머리카락이랑 먼지들에 둘러싸여 있는 걸레보다 못한 게 뭐냐고!"

"내가 사람들 똥 냄새 맡는 변기보다 못한 게 있어?"

"더러운 것만 맛있다고 주워 먹는 쓰레기통보다 못한 게 대체 뭐냔 말이야!"

이제는 이런 끓어오르는 분노도 더 토해내고 싶지 않다. 화내고 짜증 내고 원망하고 서운해 해봐도 결국 나만 손해다. 내 기분과 아픈 마음을 아무도 알아주지 않는다. 내가 뭘 하든 신발은 자빠져 자고, 우산은 엉엉 울고, 걸레는 바닥에 널브러져 있다. 변기는 여전히 똥 냄새에 취해있고, 쓰레기통은 뭐가 맛있는지 혀를 날름날름 내민다. 모두 나를 쳐다보고 피식대면서 자기네들끼리 이야기할 뿐이다.

'어라! 저놈들 봐라. 왜 나를 보고 비웃는데? 왜 지들끼리 뒤에서 쏙닥쏙닥 이야기하는데!'

'내게 손과 발만 있었어도 신발은 달싹 포개서 칙칙한 고린내를 서로 맡게 할 것이고, 우산은 더이상 울지 못하도록 쫙 펴서 뜨거운 햇볕 아래 놓아둘 것이다. 걸레는 머리카락과 먼지들을 그대로 감싼 채 어두운 창고 구석에 처박아두고, 변기는 자기 혼자 똥냄새 다 맡으라고 뚜껑을 야무지게 닫아놓을 것이다. 혹여 똥 냄새가 지독해 뚜껑을 빼꼼 열 수도 있으니 뚜껑 위에 무거운 벽돌 하나도 올려놔야지, 히히히. 마지막으로 쓰레기통은 항상 배가 고프도록 쓰레기가 조금만 생기면 깨끗하게 비워버려야지.'

생각만 해도 웃음이 나오고 통쾌하다. 하지만 현실에서의 나는 여전히 혼자고 외롭고 쓸쓸하다. 사람들뿐만 아니라 나를 무시하는 친구들도 나와 이야기하지 않는다. 당연히 나와 놀려고도 하지 않는다. 내가 있는지 없는지 알고 싶어 하지도 않는다.

투명인간 취급을 당하고 있지만 그래도 버틸 수 있는 이유는 나와 함께 사는 남자아이, 동철이가 있어서다. 동철이가 이사 오기 전부터 나는 이 집에 살고 있었다. 생각해보니 나는 고린내 나는 신발, 울고 있는 우산, 먼지에 싸여 있는 걸레, 똥내 나는 변기, 날름날름 쓰레기를 받아먹는 쓰레기통보다 훨씬 전부터 이 집을 밝게 비추고 있었다. 그것도 가장 높은 곳에서 말이다. 작은 남자아이, 조금 더 큰 남자아이, 그리고 엄마처럼 보이는 여자 한 명이 이사 오면서 신발, 우산, 걸레, 쓰레기통과 새롭게 만나게 되었다. 변기는 이 집이 지어지고 나서 비슷한 시기에 들어온 친구다. 하지만 어찌나 나를 무시하고 잘난 체를 해대는지 처음부터 친하게 지낼 수는 없겠다고 생각했다. 딱딱하고 강하게 생긴 변기는 금세 친구들 사이에서 대장이 되었다. 친구들은 변기의 강한 주먹 앞에서 찍소리도 못했다.

"그건 아니지. 친구들에게 뭐라고 하면 안 되잖아? 너는 왜 네 맘대로 하는데? 그리고 조용히 있는 칫솔을 왜 괴롭히는데, 나쁜 놈아!"

변기가 나쁜 행동을 하자 내가 앞장서서 소리를 꽥 질렀다. 물론 나도 변기에 맞서는 게 두렵다. 하지만 나라도 이런 말을 하지 않으면 모든 것이 변기가 하고 싶은 대로 움직일 것만 같았다. 그리고 피해를 받는 친구들도 많아질 게 분명했다. 처음에는 옆에 있던 선풍기, 베개, 냄비 모두 내가 한마디 하면 내 편이 되어 도와주었다.

물론, 변기 옆에는 더 많은 친구가 모여들었다. 무리 안에는 변기의 주먹이 무서운 친구들도 있었고, 변기의 힘에 빌붙어 한자리 탐내는 애들도 있었다. 변기와 부딪히는 조마조마한 시간이 지나자 선풍기와 베개는 이 집을 떠나게 되었다. 얼마 뒤, 냄비는 가스레인지 위에서 바닥이 심하게 타버려 제대로 움직일 수 없었다. 결국 나 혼자 남게 되자 변기는 이때다 싶었는지 나를 가만히 두지 않았다. 자기를 따르는 친구들을 시켜서 나에게 욕을 하고 괴롭히기 시작했다. 본인은 앞에 서지 않고 뒤에 쏙 빠진 채 말이다. 이 집에서 내가 할 수 있는 일이라곤 조용히 입을 다물고 켜졌다 꺼지기를 반복하는 것뿐이었다.

남자아이 둘이 이 집에 오기 전에 나는 하루에 열 번 이상 켜졌다 꺼지기를 반복했다. 최소 열 번이었다. 전에 이 집에 살던 사람들은 스위치를 하루에 삼십 번 넘게 눌러대는 바람에 제대로 쉬지도 못했다. 밝게 빛나면서 있으려고 하면 할머니가 와서 불을 껐다. 꺼졌다 싶어서 쉬려고 하면 한 남자가 달려와서 다시 불을 켜는 것이다. 이럴 때마다 할머니는 그 남자에게 소리도 치고 뭐라고도 하지만 그때뿐이었다.

다음 날 그리고 또 그다음 날에도 나는 켜졌다 꺼지기를 수십 번 반복했다. 제대로 쉬지 못하니 정작 밝게 빛나는 일을 해야 할 때 눈꺼풀이 내려오고, 머리는 무거워지고, 손의 감각도 떨어졌다. 이러니 일의 효율이 낮아질 수밖에 없다. 내가 일을 열심히 하지 않는 게 아니라 이 사람들이 내가 일을 제대로 할 수 없게 만든다. 잘 먹으면서 충분한 휴식을 취해야 컨디션도 회복되고, 일할 힘도 얻을 수 있는 법이다.

　그런데 이 사람들은 나를 가만두지 않는다. 일하지 말라고 보채는 것처럼 느껴진다. 정작 일을 제대로 하지 않으면 괜히 나한테 화풀이할 거면서! 추워서 나가기 싫지만, 이렇게 어두운 데서 어떻게 지내냐고 빨리 전등을 사 오라는 여자의 빽빽대는 소리를 견디다 못해 밖으로 나가면서 나를 째려볼 거면서!

　고구마 100개 먹은 것처럼 가슴팍이 답답해지고 나에 대한 자신감도 사라진다. 잘한다고 칭찬해주거나 더 잘할 것이라고 격려해주는 사람은 한 명도 없었다. '말 한마디에 천 냥 빚도 갚는다'는 속담이 있을 만큼 말에는 힘이 있다고 배웠는데, 사람들은 그 멋진 힘을 내게 쓰지는 않는다. 사람들이 나를 이렇게 취급하니 당연히 나도 내가 꼭 해야 할 만큼만 일할 뿐이다. '가는 말이 고와야 오는 말이 곱다'는 속담처럼 나를 좋게 대해야 나도 좋게 대할 것 아닌가?

　얼마 전 《칭찬은 고래도 춤추게 한다》라는 책을 소개하는 TV 프로그램을 보았다. 내 상황에 적용해보면 '칭찬은 전등의 빛을 더 밝게 만든다'라고 바꿔 말할 수 있겠다. 그걸 잘하는 사람이 바로 이번에 이사 온 키 작은 남자아이, 동철이다. 동철이는 항상 내게 말을 걸어주고 내가 편히 쉬면서 일할 수 있도록 불을 자주 켰다 껐다 하지 않는다. 불을 한 번 켜면 다음 날 아침까지 끄질 않으니 이보다 더 좋은 천국은 없다. 밤새 열심히 일하고 아침에 먹는 밥이 얼마나 꿀맛인지 경험해보지 않은 사람은 알지 못한다.

나는 전등이 되기 전에 플래시(flash)였었다. 사람들은 내 몸에 갈색, 황토색 등 칙칙한 색 옷만 입혔다. 개인적으로 나는 패션에 관심이 많다. 패션쇼에 가서 내년에는 어떤 컬러와 소재, 패턴이 유행할 것인지 보는 것을 좋아한다. 그리고 어떻게 색을 조화했을 때 더 멋진 디자인이 나올지 이야기하는 것도 좋아한다.

패셔니스타인 나는 특히 빨간색과 파란색을 좋아한다. 유행은 돌고 돈다고 하지 않는가! 10년 전에 유행하던 빨강과 파랑 원색이 10년이 지난 지금 다시 유행하고 있다. 두 색을 적절히 배치해서 패턴만 잘 만들면 올겨울을 휩쓸 핫한 디자인이 완성될 것이다. 하지만 플래시인 내 옷 그 어디에도 내가 좋아하는 색은 없었다. 유행을 선도하지는 못할망정 이렇게 후줄근한 옷을 입을 수밖에 없다니 정말 슬펐다.

패션의 완성은 한 듯 안 한 듯 자연스럽게 마무리하는 것이다. 하지만 아무리 플래시라도 이렇게 패션 테러리스트처럼 해놓다니 말도 안 된다. 이것만은 내 몸에 매달지 않았으면 하고 기도까지 했는데 더욱 튼튼한 줄이 내 몸에 연결되었다. 칙칙한 색과 튼튼한 줄, 패션왕이라고 자부하는 내게 이건 정말 용납할 수 없는 것들이었다. 내 의견은 하나도 반영되지 않은 채 패션 테러리스트가 되어 강원도 철원이라는 지역까지 가게 되었다. 대한민국에 뭐 이렇게 추운 곳이 있나 하고 깜짝 놀랐다. 기분도 좋지 않은데 날씨까지 도와주지 않았다. 너무 추워서 말하고 있는 중에도 이빨이 딱딱 부딪힐 정도로 온몸이 오들오들 떨렸다.

"거기 매달린 온도계! 지금 몇 도야?"
"지금 영하 23도야. 아마 네가 몸으로 느끼는 온도는 영하 30도 쯤 될 거야."

아무렇지 않게 말하는 온도계가 이상하게 보였다. 온도계가 영하 20도 밑으로 내려간다는 건 상상해본 적도 없었다. 한 번도 느껴보지 못했던 겨울 날씨는 나를 더욱 웅크리게 만들었다. 누군가가 영하 20도는 어느 정도로 추우니까 어떤 옷을 어떻게 입어야 한다고 말이라도 해줬다면 준비라도 단단히 했을 텐데 서운하기만 하다.

사실 더 힘들었던 건 따로 있다. 그것은 몸의 추위가 아니라 마음의 허전함과 허기짐이었다. 나 혼자만 있다는 외로움 말이다. 그런 마음의 배고픔을 이겨낼 수 있게 해준 것은 바로 초코파이 였다. 밤새 추위에 바들바들 떨면서 켜졌다 꺼졌다 열심히 일하고 나면 어느덧 저 멀리 붉은 해가 떠올랐다. 사람들은 1월 1일 해가 뜨는 것을 보기 위해 해돋이 명소인 정동진에 가고, 여수 향일암에 오른다. 사실 잘 이해되지는 않는다. 내가 감정이 메말랐거나 떠오르는 해를 보며 간절하게 이루어지길 바라는 소망이 없어서가 아니다.

처지를 바꿔보자. 일 년 동안 매일 아침 떠오르는 해를 본다면 10월 4일에 떠오르는 해든, 1월 1일에 떠오르든 해든 별반 다르지 않을 것이다. 날짜와 상관없이 떠오르는 해는 모두 그냥 아침을 알리는 신호일 뿐이다. 나를 웃게 만들고 힘이 나게 해주던 건 해가 아니라 커다란 가방 속에서 빼꼼히 고개를 들고 있던 초코파이였다.

'음, 뭔가 맛이 이상한데. 그때 그 맛이 아닌데.'

가끔 그때 먹던 초코파이가 생각나서 똑같은 상표의 초코파이를 사 먹곤 한다. 초코파이 크기도 커지고, 안에 들어가는 마시멜로 양도 늘었는데 그때만큼 맛있진 않았다. 과거 플래시일 때 밤새워 일하고 나서 먹었던 초코파이 맛과, 현재 밤새워 일하고 나서 먹는 밥은 느낌이 서로 비슷하다. 음식은 누구와 함께 먹느냐도 중요하지만, 어떤 일을 하고 나서 먹느냐도 중요하다. '시장이 반찬'이라고 하지 않았던가? 열심히 일하고 나서 먹는 밥은 그 어떤 진수성찬도 따라올 수 없을 만큼 최고다. 이 집에 있으면서 매일 아침 달콤한 밥을 먹는다. 밤새워 일하고 나니 몸은 피곤하지만 도리어 밥맛은 좋다. 잘 먹고 튼튼해지니 내가 뿜어내는 빛도 더 튼튼하고 힘이 세질 수밖에 없다.

보통 사람들 같으면 밝은 빛이 잠자는 데 방해된다고 불을 껐을 것이다. 하지만 동철이는 내 몸에서 뿜어나오는 밝은 빛에 별로 신경 쓰지 않고 잠만 잘 잔다. 동철이 형이라는 사람이 집에 들어오지 않는 날이면 나는 단 한 번도 꺼지지 않은 채 다음 날 아침까지 켜있기도 했다. 아침이 돼서야 내 몸의 불이 꺼지고, 휴식을 얻게 된다. 결국 나는 동철이가 집에 들어오는 저녁에 한 번 켜지고, 밤새워 일하다가 다음 날 아침 해가 뜨면 꺼진다. 이렇게 나는 자주 켜졌다 꺼지기를 반복하는 생활에서 완전히 해방되었다. 바뀐 일상은 내게 여유로움과 함께 건강한 몸을 선물로 주었다.

나는 이렇게 몸과 마음이 튼튼해졌지만 동철이는 그렇지 않아 보인다. 밝게 빛나는 전등 불빛 아래에서는 아마 깊게 잠들지 못할 것이다. 그러니 아침에 일어나면 항상 찌뿌둥한 몸을 일으켜 세우느라 한나절이 걸린다. 두 눈은 충혈되어 있고, 얼굴에는 생기가 없다. '잠이 보약'이라는 말처럼 잠을 잘 자야 건강할 텐데 잠을 푹 자지 못한 동철이는 몸 이곳저곳에 문제가 있을 게 분명하다.

또 잘 자는 것만큼 중요한 게 바로 먹는 거다. 잘 먹어야 면역력이 생겨서 잔병치레 없이 건강할 수 있다. 하지만 허구한 날 라면만 끓여 먹으니 몸에 좋을 리가 없다. 엊그제는 오동통한 면발의 너구리라면, 그제는 가는 면발의 스낵면, 어제는 진한 맛을 자랑하는 진라면, 오늘은 매콤한 맛의 신라면. 아침은 거의 안 먹고, 점심은 학교에서 먹을 것이고, 저녁은 이렇게 라면을 먹는다.

위에서 내려다보니 그 아이가 뭘 먹고, 어떻게 자는지 정확하게 알고 있다. 잠도 제대로 못 자고 먹는 것도 부실하니 당연히 황금색 똥이 나올 리 만무하다. 화장실에 오래 앉아있는 걸로 봐서는 장에 무슨 문제가 생긴 게 분명하다. '뿌악, 푸다다닥' 하는 방귀 소리도 함께다. 배에 가스가 가득 차 있는 모양이다.

"으악, 바퀴벌레다! 바퀴벌레!"

밝은 내 몸 주위로 항상 이런저런 곤충들이 날아다닌다. 작은 것부터 큰 것까지 많이 봐서 그런지 벌레가 징그럽다거나 더럽다고 생각하지는 않는다. 하지만! 바퀴벌레는 다르다. 위에서 내려다보이는 바퀴벌레는 지옥에서 온 괴물처럼 무섭게 생겼다. 꼬물꼬물 움직이는 여러 개의 다리가 어찌나 징그러운지 소름이 끼친다. 동철이가 집에 없을 때는 바퀴벌레들이 밖으로 기어 나온다.

마치 자기들 세상인 양 서랍부터 옷 사이사이, 숟가락 위까지 자유롭게 돌아다닌다. 그러다 동철이가 집에 들어오는 소리가 들리면 순식간에 어디론가로 싹 사라진다. 두 눈 크게 뜨고 봐도 어디로 숨었는지 도통 찾을 수가 없다.

가끔 바퀴벌레가 살며시 밖으로 나오다가 동철이 눈에 띄기도 한다. 나 같았으면 "으악!" 하고 소리부터 질렀겠지만 동철이는 대수롭지 않은 표정으로 바퀴벌레를 바라보다가 다시 텔레비전으로 시선을 돌린다. 바퀴벌레들도 이 사실을 아는지 이젠 동철이가 집에 있든 없든 상관없이 대놓고 돌아다닌다. 바퀴벌레들도 이 집의 식구처럼 보인다.

'깨끗하게 치우고 좀 살지 이게 뭐람. 더러워서 이 집에 못 살겠네.'

내가 가장 싫어하는 바퀴벌레와 함께 살고 있다는 것만 생각하면 지금이라도 이 집을 떠나고 싶다. 하지만 내가 이 집을 떠나지 못하는 가장 큰 이유가 있다. 바로 '균형' 때문이다. 내가 전등으로서 잔병치레 없이 건강할 수 있었던 이유는 일하는 것과 내 삶의 균형이 잘 맞았기 때문이다. 일과 내 삶의 균형을 유지하면서도 보람 있는 하루를 보낼 수 있는 것은 모두 하루 두 번만 나를 켜고 끄는 동철이 덕분이다.

"동철아, 고마워. 내가 해야 할 일과 내 삶의 균형이 잘 맞출 수 있도록 앞으로도 킹왕짱 부탁할게!"

9

동철아, 나 좀 쉬게 해줄래?

| 서술자 | **텔레비전**

| 등장인물 | **텔레비전, 라디오, 나동철**

"난 더욱 아름다운 영상을 만들어서 사람들에게 보여
주고 싶은데 어떻게 하면 좋을까? 소리를 아주 미세하
게 조절할 방법은 없을까?"
"그게 무슨 개가 풀 뜯어 먹는 소리야?"
"텔레비전이면 텔레비전처럼 살아야지. 왜 그런 말도
안 되는 소리를 하는 거야?"

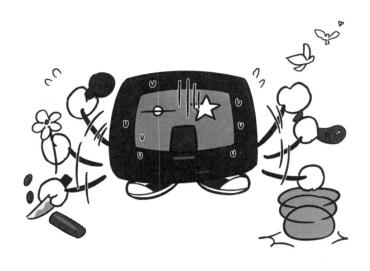

　나는 사람들의 말을 대신 전해준다. 내 생각은 없고 남들이 말하는 대로 말하고, 행동하는 대로 행동한다. 물론 나도 생각이라는 것을 할 때도 많다. '어떻게 하면 즐겁게 하루를 보낼 수 있을까? 보람찬 일주일을 보내기 위해 어떤 일을 하며 살아갈까?' 등 조금은 의미 있게 살아가는 방법에 대해 고민하고 있다.

　"난 더욱 아름다운 영상을 만들어서 사람들에게 보여주고 싶은데 어떻게 하면 좋을까? 소리를 아주 미세하게 조절할 방법은 없을까?"

　"그게 무슨 개가 풀 뜯어 먹는 소리야?"

　"텔레비전이면 텔레비전처럼 살아야지. 왜 그런 말도 안 되는 소리를 하는 거야?"

"야! 사람들이 보여주라는 영상 그대로 보여주면 되고, 정해진 소리 크기 그대로 들려주면 되는 거지. 인생 뭐 그리 어렵게 사냐?"

"그니까, 자기가 무슨 소크라테스인 줄 아나 봐?"

내 생각을 이야기하면 친구들은 모두 심드렁한 표정을 지으며 말도 안 되는 소리라고 핀잔을 준다. 처음에는 핀잔 수준이었지만 이제는 정신이 이상해졌다는 둥, 생각만 하다가 생각에 잡아먹혔다는 둥 비웃고 킥킥댄다. 처음에는 내 말에 고개를 끄덕여주고 적극적으로 옹호해주는 친구들도 있었다. 하지만 힘세고 말빨 좋은 애들이 계속 나를 공격하자 내 옆에 있던 친구들도 하나둘 나를 떠나기 시작했다. 야속하기도 하고 서운하기도 했지만, 한편으로는 친구들의 그런 행동이 이해되기도 했다. 내 옆에 있으면 무리 지어 다니는 그들의 먹잇감이 되어 내게 향한 비웃음과 모욕을 같이 듣게 된다는 걸 알고 있기 때문이다.

"저런 나쁜 놈들! 괜찮아, 네 잘못이 아니잖아. 자기랑 생각이 다르다고 바보 취급하고 비웃는 애들이랑은 안 놀면 돼!"

친구들이 내 옆을 모두 떠날 때도 한 친구만은 내 옆에 있었다. '괜찮다, 네 잘못이 아니다, 그 애들이 잘못한 것이다, 잊어버려라.' 그 친구는 의기소침해 있는 내 옆에 와서 항상 힘 나는 말들을 건넸다. 이 상황이 내 잘못은 아니라는 건 알면서도, 주위에서 계속 비웃고 손가락질하면서 툭툭 때리면 정말로 내가 잘못해서 그런가 싶은 생각이 든다.

"하지 마! 놀리지 말라고! 내 옆에서 꺼져!"

그 애들을 똑바로 바라보며 말하고 싶지만, 도저히 이 말들이 목구멍 밖으로까지는 나오지 않는다. 그저 머릿속에만 빙빙 돌 뿐. 이럴 땐 나도 욕을 잘하는 욕쟁이였으면 좋겠다.

"걔들이랑 굳이 싸울 필요 없어. 네가 반응하면 더 재미있다고 놀릴 거야. 그냥 무시해버려."
"그래도 계속 비웃고 놀리면 어떡해?"
"그럴 때는 어른들에게 도움을 요청하면 돼. 너보다 더 오래 살았고 생각도 많이 하니까 해결방법을 찾아줄 거야."

그 친구와 이야기를 하다 보면 어느새 마음이 스르르 풀어진다. 고구마 백 개를 먹은 것처럼 답답하던 마음이 사이다 한 모금을 쭉 마셨을 때 목구멍이 뻥 뚫리는 것처럼 시원해진다. 이 친구는 나이는 나와 같지만 꼭 형 같다. 화면이 크다고, 무게가 많이 나간다고, 부품이 많다고, 또는 가격이 비싸다고 형이 아니다. 속상한 친구를 위로해주고, 어려울 때 옆에 있어 주는 이 작은 친구가 더 어른스럽다.

"아빠가 그랬는데, 옆집 텔레비전 할아버지도 어렸을 때 따돌림을 당했대."

"정말? 그 흰 수염 길게 난 할아버지 말이야?"

"맞아, 정말이야. 옆집 할아버지가 어렸을 때는 흑백 텔레비전만 있었대. 근데, 할아버지는 '화면이 꼭 흑백이어야만 하나?'라고 생각하셨대. 눈으로 보는 옷도 여러 색깔이 있고 음식도 여러 가지 색깔이 있는데, 유독 텔레비전에만 나오면 죄다 흑백이 되는 게 답답했던 거지. 텔레비전 화면이 컬러다? 지금은 당연하지만, 당시에는 모든 사람이 그게 이상하다고 생각하던 때였어."

"그래서 옆집 할아버지는 어떻게 됐어?"

할아버지가 친구들에게 계속 따돌림을 당했는지, 아니면 친구들에게 맞섰는지, 중간에 자기 생각을 바꿨는지 너무 궁금했다.

흰 수염 할아버지가 그 상황에서 어떤 말과 행동을 했는지가 내겐 너무 중요하다. 지금 내 상황이 흰 수염 할아버지의 어릴 때와 아주 흡사하기 때문이다. 텔레비전 화면이 흑백이라니, 한 번도 상상해본 적이 없었다. 세상의 모든 물건이 컬러인데 텔레비전에만 들어가면 흑백이 된다는 건 마술처럼 신기한 일이다.

얼마 전에 '갈릴레오 갈릴레이'라는 사람의 이야기를 다큐멘터리에서 본 적이 있다. 당시 사람들은 지구는 가만히 있는데 태양이 지구 주위를 돈다고 생각했었다. 자기들이 사는 지구가 우주의 중심이라고 여겼기 때문이다. 반면 갈릴레이는 태양은 가만히 있고, 지구가 태양 주위를 돈다고 생각했다. 아무리 관찰하고 조사해봐도 태양이 아니라 지구가 움직이고 있다는 결론이 나왔단다. 당시 사람들이 일반적으로 생각한 천동설과 갈릴레이가 주장한 지동설, 어떤 결론이 나왔을지 몹시 궁금했다.

"60초 후에 뵙겠습니다."
"60초 길지 않아요. 채널 고정!"

'아, 꼭 이럴 때 광고가 나오더라. 방송국 녀석들은 사람 마음을 너무 잘 알고 있다니까. 중요한 순간에 광고를 넣어서 사람들이 자연스럽게 광고를 볼 수 있도록 하잖아. 광고주들이 아주 좋아할

만한 특급 기술이야!'

이런 중요한 순간에 광고가 나올 게 뭐람. 60초가 길지 않다는 광고와 함께 59, 58, 57, 56, 1초씩 줄어들었다. 60초는 1분으로, 1분은 길지 않는 시간이다. 유튜브 영상 하나를 보면 1분이 금방 지나가고, 손발톱만 깎아도 1분 정도야 훌쩍 사라진다. 하지만 이 광고만큼은 1분이 어찌나 긴지 천천히 줄어드는 숫자가 야속하기만 하다. 다른 화면으로 넘기고 싶지만 금세 시작할 것만 같아서 리모컨에 올려진 손가락을 꼼지락댈 뿐이다.

5, 4, 3, 2, 1
시작!

"태양이 움직이는 것인가, 아니면 지구가 움직이는 것인가?
천동설이 맞는다고 생각한 것일까?
아니면 갈릴레이 의견을 받아들여 지동설을 인정했을까?"

당시 사람들은 태양이 지구 주위를 돌고 있다는 천동설을 의심하지 않았다. 결국 갈릴레이는 지구가 태양을 돈다는 말도 안 되는 주장을 한다며 감옥에 갇히게 된다. 이런 비상식적인 재판이 말이 되나 싶지만, 당시에는 비상식이 상식이었던 사회였다. '그래도 지구는 돈다'는 갈릴레이의 말이 생각난다. 이상한 사람 취급을 받던 흰 수염 할아버지는 시대를 앞서갔던 것이다. 아마 그때 흰 수염 할아버지를 비웃던 사람들은 본인의 말과 행동이 부끄러워졌을 것이다.

그 친구를 만나 이야기하다 보면 시간이 어떻게 가는지 알 수 없을 정도로 빠르게 흘러간다. 1시간은 60분이고, 1분이 60초니까 1시간은 3600초다. 일정한 박자로 3600을 세야 1시간이 되는 것이다. 하지만 이 친구와 이야기할 때는 시간의 개념이 달라진다. 3600초가 360초로 변해버린다. 이 친구와 더 자주 만나고 더 많은 시간을 보내고 싶지만 그럴 수가 없다.

언젠가부터 집주인 아줌마가 보이지 않았다. 아줌마는 밤에 집에 오면 항상 나보다 내 친구를 먼저 찾았다. 그리고 '지지직 지지직' 라디오 주파수를 맞춘 후에 분주하게 집을 정리하고 반찬도 준비했다. 하지만 아줌마의 아들은 내 친구보다 나를 더 좋아했다. 내 친구에겐 별 관심을 두지 않고 항상 나를 먼저 찾았다. 나를 보며 깔깔깔 웃기도 하고, 십자말풀이를 하기도 하고, 아줌마랑 함께 앉아서 내가 하는 이야기에 귀를 기울이기도 한다.

아줌마가 보이지 않게 된 후부터 내 친구의 목소리를 들을 수 없었다. 친구와 이야기를 나누고 싶고, 나를 괴롭히는 애들이 내게 무슨 말을 했는지 일러주고 싶기도 했다. 더욱이 흰 수염 할아버지가 어떻게 됐는지 그 이야기도 더 듣고 싶었다. 하지만 지금은 오로지 내 목소리뿐이다. 예전에는 친구 목소리, 깔깔대는 이 집 아들의 웃음소리, 아들과 도란도란 이야기를 나누는 아줌마의 부드러운 목소리가 있었다.

이런 소리가 모두 사라지고 예전보다 더 커진 내 목소리만 남았다. 이렇게 소리가 크지 않아도 되는데, 이 집 아들은 집에 들어오자마자 화면을 켜고 소리를 높인다. 나에게도 적정한 소리라는 게 있다. 이 소리를 넘어가면 목에 가래가 차고 기침이 난다. 더 심해지면 성대가 찢어져서 말도 할 수 없게 된다. 이런 사실을 이 아이는 모르는 것 같다. 그리고 이제는 나를 보며 깔깔 웃지도 않는다. 내가 내는 십자말풀이도 하지 않는다. 아무런 생각이 없는 사람처럼 그저 멍하니 쳐다볼 뿐이다.

나동철.

집주인 아줌마의 아들 이름이다. 아줌마가 보이지 않은 후부터 동철이라는 이름을 집 안에서 들어보지 못했다. 집 안에는 그저 정적만 흐를 뿐이었다. 동철이는 매일 내가 하는 이야기를 듣지도 않을 거면서 볼륨을 크게 해놓고 흐리멍덩한 눈으로 쳐다본다. 짜증이 나면서 슬슬 기분이 좋지 않다. 하루 이틀도 아니고 점점 부아가 치밀어 오른다. 내가 말을 했으면 맞장구는 쳐주지 못할망정 웃어주기라도 해야 하는데 도무지 표정 변화가 없다. 그럴 거면 왜 나를 쳐다보고 있는지, 내 목소리를 듣고 있는지 이해할 수 없다.

아무리 생각해도 이해할 수 없는 게 하나 더 있다. 보통 사람들은 내 말을 듣고 싶지 않거나 지루해지면 나를 끈다. 하지만 동철이는 내 이야기를 듣지도 않을 거면서 끄지도 않는다. 본인은 잠을 자면서 나는 다음 날 아침까지 이야기하도록 내버려 둔다. 처음에는 피곤해서 전원을 끄지 않고 잠이 들었다고 생각했는데 그게 아니었다. 하루, 이틀, 사흘, 나흘, 닷새……. 계속 본인만 잠들고 나는 이야기하도록 내버려 둔다. 실수가 아니라 고의인 게 확실하다. 이것도 하루 이틀이지 참 너무하다. 누가 너한테 잠도 자지 말고 밤새도록 이야기하라고 하면 어떨까? 기분이 좋을까? 내가 뭐 《아라비안나이트》에 나오는 '셰에라자드'도 아니고.

새벽까지 사람들에게 영상을 보여주면서 떠들어대는 일은 너무 피곤하다. 그래서 자정인 밤 12시가 넘어가면 나도 꾸벅꾸벅 졸게 된다. 우리끼리니까 하는 말이지만 사람들이 리모컨을 눌러서 좋아하는 채널을 선택해도, 엉뚱한 영상을 보여준 적도 여러 번 있었다. 하지만 사람들은 내가 다른 영상을 보여줬는지도 잘 모른다. 이미 눈은 반쯤 감겨있고, 눈동자는 초점을 잃었기 때문이다.

때로는 말하는 걸 깜빡하기도 했다. 그럴 때면 사람들은 음소거 상태인지 확인하거나, 내 몸에 있는 건전지를 빼고 새것으로 교체해본다. 그러고는 그제야 영상과 소리가 제대로 나온다고 씩 웃는다. 다른 영상이 나타나고, 소리가 나오지 않는 진짜 이유는 내가 잠깐 졸아서라는 걸 아무도 모른다. 참 다행이다.

그만큼 내 일이 힘들다. 동철이가 밤 12시 전에 내게 한마디도 하지 않는다는 건 확실하다. 하지만 새벽에 내게 말을 거는지 아닌지는 확실치 않다. 그 시간에는 나도 비몽사몽이니까. 그런데 어느날부터인가 동철이가 새벽마다 내게 말을 걸었다. 처음에는 너무 반가웠다. 그래서 대꾸했지만 아무런 대답도 들을 수 없었다. 꼬맹이가 참으로 예의도 없다. 내가 동철이보다 나이도 많은데 자기가 하고 싶은 말만 하고 내 말은 듣지도 않는 게 괘씸했다.

그리고 나이가 몇인데 아직도 울면서 엄마를 부르는지 그것도 참으로 한심하다. 언젠가 "엄마!"라고 외치는 소리를 처음 들었을 때는 한동안 보이지 않던 동철이 엄마가 새벽에 집에 온 줄 알았다. 하지만 아무리 둘러봐도 동철이 외에는 아무도 없었다. 갑자기 섬뜩한 기분이 들었다. 동철이는 엄마를 부르고 있는데 정작 엄마라는 사람은 이곳에 없다? 그러면 동철이는 누구를 보며 엄마라고 부르는 걸까? 잠이 확 깨며 등골이 서늘해졌다. 숨을 크게 들이쉬고 동철이를 쳐다보았다.

"휴, 다행이다. 잠꼬대였잖아! 간 떨어질 뻔했네."

동철이의 잠꼬대는 이후로도 쭉 이어졌다. 이제는 새벽에 엄마를 찾는 동철이의 외침을 들어도 놀라지 않는다. '또 잠꼬대구나'라고 생각하고 아무 일 없던 것처럼 다시 스르르 잠이 든다. 새벽에 동철이의 외침에 잠을 깼다가 다시 잠드는 것이 일상이 되었다. 매일매일 이렇게 피곤에 찌들어 졸린 눈을 비비며 아침을 맞이한다.

"나도 좀 쉬어야겠어. 밤에 잠이라도 푹 자고 싶어. 아무 생각 없이 나를 쳐다보는 너를 바라보며 나 혼자 이야기하는 게 얼마나 힘든 줄 아니?"

오늘도 동철이는 대꾸가 없다. 화를 내도 반응이 없다.

"내 말에 귀 좀 기울여줄래? 그리고 대꾸도 좀 해줘라! 나도 잠 좀 푹 자고 싶다고!"

10

네 집에 살고 싶어!

| 서술자 | **바퀴벌레**

| 등장인물 | **바퀴벌레 가족**

이 집은 그동안 살았던 집들과는 조금 다르다. 무척 쾌적하고 공기도 텁텁한 게 숨쉬기도 좋다. 우리가 편히 쉴 먼지와 쓰레기들이 사방에 널려있어서 편안한 가구로 삼기에도 안성맞춤이다. 하지만 이 집의 가장 큰 장점은 따로 있었다. 바로, 사람들이 집에 잘 없다는 것이다.

"얘들아, 내가 말한 곳이 여기야!"

"우와, 여기 정말 깨끗하다. 아빠, 힘들게 다른 데 찾지 말고 우리 여기서 살아요."

"아빠, 제 방은 싱크대 서랍으로 할 거예요. 거기 보니까 맛있는 음식들도 있고, 비닐들도 쌓여 있어서 지내기 좋을 것 같아요."

"아빠, 저는 냉장고 위 칸으로 정했어요. 냉장고 위 칸의 불이 꺼져 있더라고요. 그래서 춥지도 않아요. 잠시 들렀는데 오히려 더 따뜻하던걸요."

"여보, 우리가 봤던 집 중 가장 깨끗하고 햇볕도 안 드는 것 같아요. 거실과 방을 찬찬히 살펴봤는데 군데군데 전등도 안 들어와요. 어둑어둑해서 지내기 참 좋네요."

"아빠! 아빠! 전에 살던 집에 비하면 여기는 정말 음식 천국이에요. 싱크대에도, 쓰레기통에도, 문 옆에도 음식이 있어요. 이제는 음식 찾으려고 이리저리 돌아다니지 않아도 되고, 동생들이랑 한 입 더 먹겠다고 싸우지 않아도 될 것 같아요. 음식 때문에 싸우지 않게 해달라고 기도했는데 하늘에서 내 기도를 들어줬나 봐요."

편안하게 살 곳을 찾기 위해 며칠을 돌아다녔다. 지금까지 지낸 집들은 100마리가 넘는 가족들이 살기에는 너무 비좁거나 집주인이 무척 까탈스러웠다. 조금이라도 우리 모습이 보이면 붕 소리를 내며 두꺼운 책이 날아오거나, 화장지를 둘둘 말아 쥔 손가락이 우리 가족들의 몸을 덮쳤다. 그렇게 내 아버지가 돌아가셨고 내 동생과도 헤어져야만 했다. 시신이라도 찾을 수 있으면 그나마 다행이었다. 대부분은 가족들의 시신조차 찾을 수 없었다. 멀리 가는 길, 마지막 얼굴이라도 보았으면 좋으련만 사람들은 그 짧은 순간마저도 허락하지 않았다. 고개를 돌린 채 두껍게 말아 쥔 화장지에 가족들의 시신을 움켜쥐고 재빨리 쓰레기통에 던져 넣었다. 더러는 쓰레기통에 들어가는 것조차 싫어서 변기에 넣고 물을 내렸다.

우리가 무슨 잘못을 한 것은 없다. 사람들이 있을 때는 웬만해

선 그들이 있는 곳을 지나다니지도 않는다. 어쩔 수 없이 어두컴컴한 냉장고 뒤, 먼지 많은 장롱 밑, 더러운 쓰레기가 담긴 봉지에 살 수밖에 없었다. 그렇게 아무도 모르게 없는 것처럼 살았다. 사람들은 해가 지면 잠을 자고, 해가 뜨면 몸을 움직인다. 하지만 우리는 사람들과 반대로 해가 지면 움직이고, 해가 뜨면 사람들의 시선을 피해 몸을 숨긴다. 원래부터 우리가 이렇게 생활한 것은 아니다. 우리 역시 따뜻한 햇볕 아래 책 읽는 것을 좋아하고, 함께 뛰어노는 것을 좋아한다. 하지만 사람들은 우리의 이런 행복한 모습을 달갑게 생각하지 않았다.

　"왜 너희들은 욕심쟁이처럼 많이 가지고 있는데도 우리 것까지 더 가지려고 해?"
　"가진 사람이 더한다고 조금의 아량도 베풀지 못해?"
　"그렇게 놀부 심보를 가지고 있으면 언젠가는 패가망신할걸!"
　"충분히 많이 가지고 있으니 우리에게 조금만이라도 나눠주는 것이 옳지 않아?"

　아무리 하소연해도 사람들은 우리말을 귓등으로도 듣지 않는다. 듣지 않은 것이 아니라 오히려 시답잖은 말들을 지껄인다고 손으로 누르고, 책을 던지고, 발로 밟았다. 사람이 죽으면 가족들이 모여 슬픔을 함께 나누고, 그 사람의 지난 삶에 대해 좋은 말로 서로를 위로한다. 우리는 좋은 말은커녕 욕설이나 더럽고 징그럽다는 말을 들으며 생을 마감한다.

이게 다가 아니다. 나를 더 힘들게 한 것은 바로 사람들의 표정이다. 그들이 우리에게 지껄이는 말들은 시간이 지나면서 조금씩 잊힌다. 하지만 생의 마지막 순간을 기다리는 우리를 보며 미간을 찌푸리고, 입을 쭉 내밀고, 눈썹을 치켜세우며 마치 세상에 태어나지 말았어야 할 존재인 것처럼 바라보는 그 얼굴만은 잊을 수 없다. 그들은 고귀한 생명이고, 우리는 하찮은 존재란 말인가?

사람들이 우리를 싫어한다고 하지만 사실 우리도 그들을 좋아하지는 않는다. 깨끗한 척, 고상한 척, 격식 있는 척, 우아한 척, 순결한 척하지만 남들이 보지 않는 곳에서 뭘 하는지 다 알고 있다. 커다란 손가락을 작디작은 콧구멍 속에 집어넣는 건 진짜 마술에 가깝다. 한술 더 떠서 그 작은 콧구멍 속에서 커다란 코딱지를 파낸 후에 한참 동안 노려본다. 코딱지가 어떻게 생겼는지 면밀하게 관찰하는 코딱지 과학자인 것처럼 말이다.

사람들이 그 코딱지를 화장지에 싸서 쓰레기통에 버린다고? 내가 본 사람 중 열에 다섯은 손에 묻은 코딱지를 다른 손 집게손가락을 사용해 힘차게 날려버린다. 코딱지는 산산조각이 나서 방 어딘가에 흩어진다. 하지만 콧물과 어우러진 진득진득한 코딱지는 힘찬 집게손가락의 날아차기에도 쉽사리 자리를 내주지 않는다. 그럼, 화장지를 쓸까? 천만에! 책상, 의자, 책 사이 등 사람들 눈에 잘 띄지 않는 곳에 살며시 비벼 놓는다. 아무도 보지 못했다고 생각하겠지만 우리는 다 보았다. 그러면서 그 코딱지 묻은 손가락으로 과자를 집어 먹고, 아이스크림을 떠먹고, 침을 묻혀가며 책장을 넘긴다. 아무 데서나 지독한 방귀를 뀌고, 코끼리 소리 같은 우렁찬 트림을 한다. 이 모양이면서 우리한테 더럽고 지저분하다고 하는 게 더 화가 나는 것이다.

그런데 이 집은 그동안 살았던 집들과는 조금 다르다. 무척 쾌적하고 공기도 텁텁한 게 숨쉬기도 좋다. 우리가 편히 쉴 먼지와 쓰레기들이 사방에 널려있어서 편안한 가구로 삼기에도 안성맞춤이다. 하지만 이 집의 가장 큰 장점은 따로 있었다. 바로, 사람들이 집에 잘 없다는 것이다. 집주인 같아 보이는 남자 한 명은 매일 큰 가방을 메고, 아침에 나가서 밤에 집에 들어온다. 시력이 좋지 않아서 확신할 수는 없지만 어른 같지는 않아 보였다. 더듬이에서 느껴지는 남자 아저씨들의 퀴퀴한 냄새나 진한 로션 향기가 나지 않기 때문이다. 반대로 여자들이 자주 쓰는 산뜻한 샴푸 냄새나 향긋한 로션의 향기도 전혀 느껴지지 않았다.

집주인은 밤에 집에 돌아오면 곧바로 TV를 켜놓고 벽에 기대어 멍하니 TV만 쳐다본다. 그러다 얼마 지나지 않아 잠이 든다.

청소나 정리를 하지 않으니 우리와 마주칠 일이 당연히 없었다. 집에 들어오지 않는지 가끔씩은 집주인의 얼굴을 보지 못할 때도 있었다. 이렇게 깨끗한 곳에서 우리를 괴롭히는 사람도 없다니 얼마나 행운인가? 쓰레기가 쌓이면 쌓이는 대로, 음식물 쓰레기가 바닥에 달라붙으면 붙어있는 그대로 사는 삶은 얼마나 아름다운가?

이 집에서 지내는 하루하루가 너무나 행복하다. 우리를 보며 '꽥' 귀가 터질 듯이 소리 지르는 사람도 없고, 우리를 찾기 위해 집 안 구석구석 쥐잡듯이 뒤지는 사람도 없다. 여기는 맛있는 음식들이 집 안에 가득하고, 누워서 편하게 잘 만한 푹신한 먼지들이 내 몸을 따뜻하게 감싼다. 싱크대, 변기, 장판 밑에서 메케하게 올라오는 그 향긋한 냄새가 우리를 행복하게 만든다. 이 집만큼 평생 머무르고 싶은 최고의 장소는 지금까지 없었고 앞으로도 없을 것 같다. 어둡고, 끈적끈적하고, 쾨쾨하고, 습한 지상낙원이 바로 이곳이다.

이 집으로 이사 오기 전의 집주인은 정말 정나미가 떨어지는 인간이었다. 인정이라고는 털끝만큼도 찾을 수가 없었다. 그 집에서도 최대한 전등불이 켜져 있을 때는 돌아다니지 않았다. 하지만 나이가 많은 할아버지는 사람의 인기척을 잘 느끼지 못했고 방향감각도 많이 떨어진 상태였다. 순간 전등불이 켜졌고 할아버지는 전등불 한가운데 서 있었다. 그 순간 끊어질 듯한 비명과 함께 우당탕탕 물건들이 바닥으로 떨어지는 소리가 들려왔다.

다음 날 '세스코'라고 쓰여있는 옷을 입은 사람들이 처음 보는 물건들을 가지고 나타났다. 그 남자는 지금까지 우리가 겪어왔던 사람들과는 전혀 달랐다. 우리가 어디에 살고 있는지, 어떤 길로 이동하는지, 무엇을 좋아하는지 모두 다 알고 있었다. 그들이 뿌려대는 하얀 연기는 신경 하나하나를 마비시켜 옴짝달싹할 수 없도록 옭아매었다. 또한 그들이 뿌려놓은 음식은 어찌나 향기가 달콤한지 맛보지 않는 게 거의 불가능했다. 먹으면 안 된다고 계속 외쳐댔지만, 가족 중 몇몇은 이미 그 음식을 오물오물 씹고 있었다. 자기만 먹기에는 너무 맛있었는지 주위에 있는 가족들에게도 달콤한 음식을 나눠주었다. 음식을 함께 나눠 먹은 그들 모두는 배가 아프다며 소리를 지르고 이리저리 몸을 뒤집다가 죽어버렸다.

이번 집주인은 아주 관대하다. 우리가 지나가는 걸 봐도 별로 신경 쓰지 않는다. 처음에는 책이 날아오기도 하더니 며칠 지나자 아무런 반응이 없다. 분명히 우리를 본 것이 확실한데 많이 놀라지도 않고 시선이 다시 TV로 향한다. 눈은 희망이 없는 사람처럼 힘이 없고, 얼굴에는 웃음기가 하나도 남아있지 않았다.

'저런 얼굴을 어디서 봤더라. 분명히 어디서 봤는데? 저 초점

잃은 눈동자와 비슷한 사람이 있었는데. 아, 맞다!'

저런 얼굴을 봤었다. 몇 년 전, 작은 집에서 봤던 늙은 아저씨의
얼굴이다. 술병이 여기저기 널브러져 있고, 쓰레기들이 쌓인 그
집에 살고 있던 그 남자 말이다. 밥 대신 술만 먹고 소리를 고래고
래 지르며 울다가 웃다가 했던 그 아저씨도 우리에게 잘 대해줬
다. 혹여 우리가 눈에 띄더라도 우릴 잡으려고 눈에 불을 켜지 않
았다. 자기가 마시던 술을 계속 마셨으며, 그 역시 초점 잃은 눈으
로 TV만 바라봤다. 너무 좋은 집이었고 우리를 잘 대해준 아저씨
였는데 어느날부터인가 보이지 않았다. 그리고 얼마 뒤 사람들이
갑자기 들어오더니 장판과 벽지를 모두 뜯어냈다. 쓰레기는 한곳
에 모아 집 밖으로 옮겼으며, 지독한 냄새가 나는 연기를 구석구
석 뿌려댔다. 평생 살 집이라고 생각했는데 상황이 이렇다 보니
어쩔 수 없이 이사를 결심할 수밖에 없게 되었다.

내가 비록 늙은 아저씨 집에 얹혀 살기는 했지만 염치가 뭔지
는 안다. 우리를 못 본 체하고 멍하니 TV를 보는 늙은 아저씨를
괴롭히지는 않았다. 잠들어 있을 때 콧속이나 귀 안에 들어가는
그런 행동도 하지 않았다. 이번 집주인에게도 마찬가지다. 최소한
나를 예뻐하는 사람에게 그렇게 하면 안 된다는 것쯤은 알고 있
다. 2년간 이 집에 머무르면서 우리 가족은 200마리가 되었다. 예

전에 살던 집 같았으면 이미 우리 아이들은 다 죽고, 나 역시 지금까지 살아있을지 장담할 수 없다.

"아빠, 집이 너무 조용한 거 아니에요?"

"태풍이 오기 직전에는 고요하다는 이야기를 책에서 읽었어요. 고요한 시간이 지나면 강한 바람이 불고 장대 같은 비가 내린대요. 지금이 꼭 그런 것 같아요."

"여보, 내가 감이 좋잖아요? 저번에 당신이 내게 거짓말한 것도 금세 알아냈잖아요. 근데, 지금 내 감으로 봐서는 뭔가 불안해요. 좋지 않은 느낌이 들어요."

"그러니까 말이요. 하루 정도 집주인이 집에 들어오지 않은 적은 있어도 지금처럼 이렇게 오랜 기간 집을 비운 적은 없었는데. 그래도 너무 걱정하지 말아요. 무슨 큰일이야 일어나겠어요?"

아내와 아이들에게 말은 이렇게 했지만 뭔가 잘못되어 가고 있다는 생각이 엄습했다. 집주인 얼굴을 요즘 도통 보지 못했다. 처음에는 이 집이 다른 누군가에게 팔린 것은 아닌지 내심 걱정이 되었다. 하지만 처음 보는 사람들이 우리 집에 나타나지 않는 걸 보니 이사는 아니라는 확신이 들었다. 이 집 저 집에서 쌓인 경험에서 나오는 동물적인 직감이었다. 그렇게 하루하루 바퀴벌레약

위를 걷는 것처럼 초조하게 시간이 흘러갔다.

며칠이 지나고 키가 큰 사람들이 갑자기 집에 들이닥쳤다. 초
인종을 누르거나 인기척이라도 했으면 미리 준비하고 있었을 텐
데, 문을 왈칵 여는 바람에 심장이 떨어지는 줄 알았다. 다행히 문
틈에서 쉬고 있었기에 망정이지 거실 한복판에 누워 따스한 햇볕
을 즐기고 있었다면 그 이후는 생각만 해도 끔찍하다.

"얘들아, 아빠 뒤에 꼭 붙어서 따라와야 해. 그리고 항상 벽에
붙어서 가는 것 잊지 말고. 혹시 아빠랑 엄마 잃어버리면 이리저
리 찾아다니지 말고 꼭 그 자리에 그대로 있어야 해."

"당신은 맨 뒤에서 와요. 무섭더라도 조금만 참으면 더 좋은 곳
으로 옮길 수 있을 거예요. 그러니까 침착하게 아이들 잘 챙겨서
따라와요."

2년을 편안하게 산 곳이다. 여건만 허락된다면 내 한평생을 아
이들과 함께 이곳에서 보내고 싶었다. 방마다 어떤 가구를 배치할
지, 정원은 어떻게 꾸밀지, 아이들의 책상은 어디에 넣을지 다 생
각해 놓았는데. 어쩔 수 없이 사랑하는 이 집을 두고 이사할 수밖
에 없었다. 우리가 살던 안락한 곳이 빗자루와 쓰레기봉투, 햇빛
으로 엉망이 되어가고 있었기 때문이다. 향긋한 먼지 내음은 사라

지고, 퀴퀴한 꽃잎 냄새가 집 안에 가득해졌다. 바쁘게 움직이는 사람들은 이상한 액체를 쾌적한 우리 집 이 방 저 방에 뿌리고 다녔다. 도저히 이렇게 이상한 냄새가 나는 곳에서 아이들을 키울 수는 없다. 이렇게 편안하고 안락한 집을 구하는 게 어렵다는 건 알지만 어쩔 수 없지. 나는 가장이고, 우리 아이들을 위험한 곳에서 지켜내야 할 책임이 있으니까.

"아빠, 우리 이제 떠나야 해? 여기 정말 살기 좋았는데."
"아빠도 여기 떠나고 싶지 않은데, 이제 여기는 너무 위험해. 잘 찾아보면 여기보다 살기 좋은 곳이 있을 거야. 그러니까 너무 실망하지 마. 아빠 믿지?"

우리는 지구가 멸망해도 살아남을 수 있는 강한 유전자를 가지고 있다. 우리 조상들은 강인한 체력과 정신력으로 어떤 어려움에도 굴복하지 않았다. 포탄이 떨어지는 전쟁 속에서도 살아남았고, 먹을 것이 없는 가뭄에도 꿋꿋하게 생명을 이어갔다. 우리 조상들은 그 어떤 달콤한 음식의 유혹에도 넘어가지 않았으며, 생을 다하는 순간까지 아이들을 지키기 위해 노력했다. 지금은 사람들이 세상의 주인이다. 우리는 그들의 눈을 피해 장롱 뒤, 장판 밑, 싱크대 속, 배수관 안에 숨어 살지만 언젠가 밝은 세상으로 나올 날을 기대하고 있다. 그때까지 죽지 않고 살아있으면 된다. 마지막까지 살아있는 자가 승리한다. 아직은 누가 승자인지 알 수 없다.

부랴부랴 짐을 싸고 떠나야 하지만 2년이라는 행복한 시간을 내게 준 곳이라 쉽게 발걸음이 떨어지지 않는다. 여기서 함께했던 추억들이 주마등처럼 지나간다. 거실을 보면 거실에서의 행복했던 추억이 떠오르고, 화장실을 보면 화장실에서의 즐거웠던 기억이 마음을 흐뭇하게 만든다. 하지만 더이상 안전하지 않으니 행복한 추억은 마음속에만 묻어둔 채 발길을 돌린다.

"젊은 집주인! 2년 동안 우리 가족을 잘 대해줘서 정말 고마웠어. 고마움의 표시로 작은 선물이라도 주고 싶지만 그럴 만한 시간적 여유가 없어서 너무 아쉽네. 감사한 마음을 담아 엽서라도 남기고 싶지만 아쉽게도 우리는 글자를 몰라. 그래서 마음만 남긴 채 떠나네. 그동안 고마웠네. 기회가 된다면 다음에 자네의 집에서 다시 한번 살고 싶네. 그날이 꼭 돌아오길 기대할게. 잘 지내게."

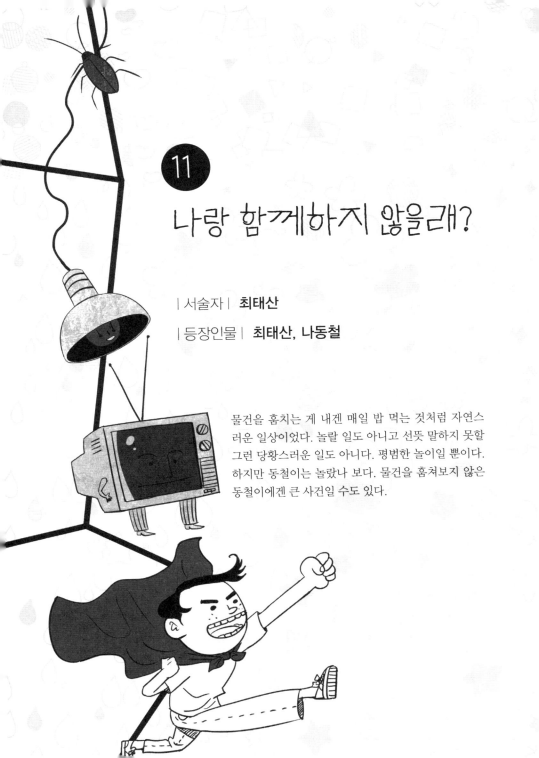

11

나랑 함께하지 않을래?

| 서술자 | **최태산**

| 등장인물 | **최태산, 나동철**

물건을 훔치는 게 내겐 매일 밥 먹는 것처럼 자연스
러운 일상이었다. 놀랄 일도 아니고 선뜻 말하지 못할
그런 당황스러운 일도 아니다. 평범한 놀이일 뿐이다.
하지만 동철이는 놀랐나 보다. 물건을 훔쳐보지 않은
동철이에겐 큰 사건일 수도 있다.

　어렸을 때부터 우리 집은 가난했었다. 아빠가 사업이라는 것을 할 때도 넉넉하진 않았는데, 아빠의 사업이 망하자 더 가난해졌다. 돈은 사람을 즐겁게 할 수도 있지만, 슬프게 만들거나 절망의 나락으로 떨어뜨리기도 한다. 흩날리는 꽃가루들처럼 우리 가족을 뿔뿔이 흩어 놓기도 한다.

　아빠는 매일 찾아오는 사람들을 피해 어딘가로 멀리 떠나고, 누나는 서울에 사는 이모 집으로 이사 갔다. '이사 갔다'라기보다는 그냥 '도망갔다'가 맞을 것이다. 담양에서 멀리 떨어진 서울 정도까지는 가야 시도 때도 없이 쫓아오는 사람들의 눈에 띄지 않을 수 있었다. 누나가 챙겨간 것이라고는 옷 몇 벌과 책이 두둑하게 든 가방, 그리고 작은 지갑이 전부였다. 나와 엄마도 이사했다.

집이라고 하기에는 뭔가 부족한 그런 곳이었다. 내가 알고 있는 보통의 집들은 1층이나 2층에 사람이 사는 구조다. 이사한 집은 1층은 아닌데, 그렇다고 지하라고 하기에도 뭔가 부족한 그런 곳이었다. 화장실과 주방은 1층에 있지만, 방은 1층과 지하 사이에 살짝 걸쳐있는 애매한 집에서 새로운 생활이 시작되었다.

"오늘부터 여러분들과 함께 지낼 친구가 전학을 왔습니다. 모르는 것 있으면 잘 가르쳐주고 사이좋게 지내세요."
"안녕, 나는 담양에서 전학 온 최태산이야. 잘 지내자."

짧은 인사가 어색하기 그지없다. 아빠 사업이 그렇게 망하지만 않았어도 이사할 필요도, 이렇게 어색하게 인사할 필요도 없었다는 생각이 나를 더욱 화나게 한다. 내 공부 머리가 그리 좋지 않다는 건 내가 더 잘 안다. 축구는 따로 배우지 않았어도 곧잘 공을 차고, 잘 뛰고, 또 잘 막는다. 그런데 수학 문제는 조금 전까지 설명을 듣고 그대로 푸는데도 답이 나오지 않았다. 국어 시간도 마찬가지다. 말은 누구보다 잘하지만 국어책에 있는 글이 무슨 말을 하는지는 잘 모르겠다. 다섯 개 보기 중 정답 하나를 찾는 건 더욱 나를 힘들게 한다.

'내 인생에 공부는 아닌 것 같아. 전에 학교에서 그랬던 것처럼 뭐 여기서도 바닥을 깔겠군.'

전학 오기 전 학교에서도 내가 바닥을 깔아주었기에 친구들이 1등도 하고 2등도 했다. 학교에서 시험을 보지는 않았지만, 수업 시간에 선생님 질문에 대답하는 수준이나 숙제를 발표하는 정도 등을 보면 친구들의 실력을 어림할 수 있었다. 전학을 온 순간 이미 바닥을 깔아줄 넉넉한 여유가 마음속에 자리 잡고 있었다. 이렇게 마음먹으니 전학이라는 게 막 두렵지는 않았다. 공부를 잘할 필요도, 학교생활에 잘 적응해야 할 이유도 없었기 때문이다. 그저 조용히 의자에 앉아있다가 조용히 집에 가면 힘든 일도, 신경 써야 할 일도 일어나지 않는다.

친구들과 부딪힐 일도 애초부터 만들지 않으면 되고, 수업시간에 의자에만 잘 앉아있으면 선생님께 혼날 일도 없다. 책상에 엎드려서 잠을 자거나 선생님 말씀 중간중간 터무니없는 말로 끼어들지 않으면 충분히 모범생처럼 보일 수도 있다. 수업시간에 해당하는 책을 펴고 아무 공책이나 활짝 펴놓은 후 한 손으론 연필을 잡고, 마지막으로 시선을 선생님과 칠판 쪽으로 향하면 누구보다도 더 성실한 학생이 된다. 공책에 수업과 상관없는 아이돌 노래 가사를 써도 괜찮다. 시선은 앞을 향하고 있지만, 머릿속은 학교 끝나고 뭘 하면서 놀지를 생각해도 좋다. 오직 의자에만 앉아있으면 학생으로서 내가 할 일은 다 하는 것이다.

"태산아, 두 수의 공약수 중에서 가장 큰 수를 '최대공약수'라고 하는 거야. 6의 약수는 1, 2, 3, 6이고, 8의 약수는 1, 2, 4, 8이잖아. 그래서 6과 8의 공통된 약수인 공약수는 1과 2야. 1과 2중에서 더 큰 수인 2가 최대공약수가 되는 거고."

"아, 최대공약수가 그런 말이었구나. 이제야 정확하게 알겠어. 나는 최대공약수가 최대로 많은 공약수가 몇 개인지 찾으라는 말인 줄 알았어. 그래서 내가 틀렸구나."

"수학 문제들은 교과서에 있는 '약속하기'와 풀이방법만 잘 이해하면 충분히 풀 수 있어. 그런 후에 수학익힘책에 있는 문제들을 풀면서 복습하면 다른 문제들도 쉽게 해결할 수 있을 거야."

새로운 학교로 전학 온 이후로 동철이는 줄곧 내 짝이었다. 몇 번을 알려줘도 잘 이해하지 못했지만, 동철이는 오늘도 다시 알려준다. 한 번 설명했는데 잘 이해하지 못한다는 표정을 지으면 두 번, 세 번 다시 설명해준다. 동철이가 내 개인과외 선생님도 아니고, 자기 시간을 모두 나에게 쓸 수만은 없을 것이다. 동철이도 자기 숙제를 해야 하고, 공부도 해야 하고, 모르는 문제를 다른 친구에게 물어보기도 해야 한다. 자주 동철이에게 수학 문제를 묻긴 하지만 나도 염치가 있다. 친구의 호의를 당연하게 여기는 그런 기본 없는 사람은 아니다.

"태산이 너, 공부는 안 하고 지금 텔레비전 보니?"
"태산이 너, 숙제는 안 하고 계속 만화책만 보고 있어!"
"태산이 너, 공부는 언제 하려고 팽팽 놀기만 할 거야?"

5학년이 되면 더 많이 공부해야 한다는 것쯤은 나도 잘 안다. 하지만 이렇게 공부하라는 엄마의 잔소리를 들으면 더 공부하기 싫어진다. 마음잡고 20분 동안 공부하다가 잠시 쉴 때가 있다. 평소에 10분도 앉아있지 않는 내가 공부한다고 20분이나 의자에 앉아있었다는 것만으로도 이미 인간승리다. 뿌듯한 마음으로 잠시, 아주 잠깐 쉬고 있는데 엄마는 꼭 그때 나를 본다.

"아직도 공부 안 하고 놀고 있네. 너 공부는 언제 할래? 옆집 진수는 엄마가 말하지 않아도 학교 갔다 오면 숙제부터 해놓고 논다는데 너는 왜 이 모양이야? 속상하다, 속상해!"

"왜 진수랑 나랑 비교하는데? 그리고 공부하고 있다가 잠시 쉬는 거라고!"

짜증 섞인 말이 튀어나오고 잠시 쉬었다가 공부하려는 마음이 싹 다 사라진다.

'해도 욕먹고 안 해도 욕먹을 거면 안 해야지! 이제 공부 안 할 거야!'

아들이 공부라도 열심히 했으면 하는 엄마의 마음을 안다. 가족들이 헤어져 살아야 하는 상황, 온종일 일하는 고단한 현실에 엄마가 지쳐있다는 것도 잘 알고 있다. 마음으로는 이해하지만 머릿속은 이미 짜증과 분노가 뒤섞여 있다. 아무것도 하기 싫고 특히 공부는 더 하기 싫다. 공부는 나랑 잘 맞지 않는 것이 분명하다.

이런 내게 동철이는 친절하게 문제를 해결하는 방법을 설명해 준다. 나도 염치라는 게 있으니 동철이에게 미안해서라도 혼자 문제를 풀어봐야겠다고 생각은 한다. 시간이 지나 자리를 바꾸게 되면서 동철이와는 짝이 되지 않았다. 그래도 모르는 문제가 있으면 자주 동철이에게 물었다. 나에게 친절하게 잘 대해주는 동철이가 좋았지만 딱 거기까지였다. 우리 집에 초대하고도 싶고, 맛있는 것을 사주고도 싶었지만 그럴 수 없었다. 사람이 살 것 같지 않아 보이는 초라한 우리 집을 보여주기 싫었다. 결국 동철이와는 더 친해지지 못한 채 6학년이 되었고 우리는 다른 반이 되었다. 복도를 오고 가며 몇 번 인사는 했지만 많은 이야기를 나눌 수는 없었다. 그렇게 우리들의 시간은 흘러갔다.

이곳에서의 생활도 1년이 지났다. 그렇다고 처음 이곳에 왔을 때와 달라진 건 없었다. 여전히 가족들은 뿔뿔이 흩어져 있고, 엄마는 밤늦게 지친 몸을 이끌고 집에 들어온다. 집에서는 웃음이 사라진 지 오래고, 행복은 내겐 낯설기만 한 단어가 되었다. 학교에서도 이야기를 나눌 만한 친한 친구가 없다. 5학년 때는 그나마 동철이가 있어서 이것저것 이야기할 수 있었는데, 6학년이 되니 그런 친구가 생기지 않았다. 내가 입고 다니는 옷이 후줄근해서인지 은근히 나를 따돌리는 게 느껴졌다. 얼마 전에는 내 뒷담화도 들었다. 모르는 척 지나갔지만 마음은 좋지 않았다. 나 역시 친구들에게 먼저 적극적으로 다가가지 않았다. 내가 먼저 다가가도 어차피 그들은 나를 끼워주지 않았을 것이다.

학교생활이 재미없고 집에는 더 들어가기 싫었다. 하고 싶은 것도 없고 흥미도 없었다. 그런 나를 즐겁게 해주는 딱 한 가지가 있었다. 바로 누군가의 물건을 슬쩍 하는 것이다. 아무도 모르게 남의 물건을 가져올 때 느껴지는 쾌감이 참 좋다. 조용히 가져오는 물건이 내게 필요한 연필, 지우개일 때도 있지만 당장 필요 없는 자석이나 색종이일 때도 있다. 어떤 물건이든 상관없다. 훔친 물건이 즐거움을 주는 게 아니라, 훔치는 그 찰나에 느껴지는 쾌감이 기쁨을 주기 때문이다. 물론 사도 된다. 하지만 돈을 주고 사는 물건은 내게 아무런 즐거움을 주지 않는다. 내게는 돈이나 물건이 중요한 게 아니라 누군가의 눈을 피했다는 그 순간의 짜릿함이 더 중요하다.

"이게 누구야? 동철이잖아. 학교 말고 이렇게 밖에서 보는 건 정말 오랜만인 것 같아."

"그니까. 교실도 멀리 떨어져 있어서 수업이 끝나도 보기 어려웠잖아. 근데, 태산아. 나 다 봤어."

"뭘? 뭘 봤다는 거야?"

"음... 문방구에서 필통 몰래 훔치는 거."

"아, 그거. 난 또 뭐라고. 뜸 들이면서 말하길래 뭐 큰일난 줄 알았네. 별것도 아니고만."

"뭐?"

물건을 훔치는 게 내겐 매일 밥 먹는 것처럼 자연스러운 일상이었다. 놀랄 일도 아니고 선뜻 말하지 못할 그런 당황스러운 일도 아니다. 평범한 놀이일 뿐이다. 하지만 동철이는 놀랐나 보다. 물건을 훔쳐보지 않은 동철이에겐 큰 사건일 수도 있다. 선생님에게 말해야 하나 말아야 하나 고민에 빠질 수도 있을 것이다. 내겐 대수롭지 않은 일이 누군가에겐 심장이 뛰는 긴장된 일이거나 마음 졸이는 불안한 일일 수 있다. 이럴 때 필요한 것은 평안함이다. 상대방의 마음을 평안하게 해주면 된다. 별일 아니다, 괜찮다, 다들 그렇게 산다, 너도 할 수 있다 등의 평안함을 주는 말을 계속해주면 모든 일이 해결된다.

사람들 대부분은 물건을 훔치면서 느끼는 즐거움을 알지 못한다. 이런 즐거움을 나만 혼자 아는 게 아쉬워서 친구들에게 말해주고 싶은 적도 있다. 하지만 즐거움은 나만 알 때 배가 되는 것이지, 누군가에게 말하는 순간 기쁨이 절반으로 줄어든다. "함께 해볼래?"라고 나에게 친절하게 대해준 친구들에게 호의를 베풀고 싶었지만 꾹 참았다. 친구들은 이것 말고도 집이나 학교 등 다른 곳에서 더 많은 즐거움을 얻을 수 있지만 나는 아니기 때문이다.

하지만 내게 친절했던 동철이에게는 나눠주고 싶었다. 뭐라도 하나 해주고 싶었다. 작년에 얼핏 동철이가 엄마, 아빠 없이 형과 함께 산다는 이야기를 들었다. 집이 가난해서 선생님이 문제집을 챙겨준다는 말도 친구들의 이야기를 통해 알게 되었다. 그때부터 나와 비슷한 삶을 살아가는 동철이에게 마음이 쓰였다. 왠지 모르게 동철이에게 가난이라는 동질감을 느꼈고 친해지고 싶었다. 세상에 나와 같은 삶을 사는 사람이 또 있다는 사실, 그 하나만으로도 위로가 되었다.

"동철아, 너 갖고 싶은 물건 있지? 공짜로 얻을 방법이 있는데 알려줄까? 동철이 너니까 특별히 알려주고 싶어서 그래."
"공짜로? 그런 방법이 있어?"

동철이는 깜짝 놀라며 토끼 눈을 뜨고 나를 쳐다보았다.

"어떻게 하는지는 차차 이야기해줄게. 나쁜 일은 아니니까 걱정하지 말고. 설마 내가 너를 나쁘게 하겠니? 오늘 저녁 여섯 시에 학교 운동장에서 만나자. 그때 어떻게 하는지 이야기해줄게. 물건도 공짜로 얻을 수 있고, 기분도 아주 즐거워지는 그런 일이야."

동철이는 잠시 생각에 잠긴 듯 고개를 갸우뚱한다. 돈을 내지 않고 공짜로 물건을 얻는다? 그런데 기분은 즐겁다? 동철이 머릿속이 복잡해질 수밖에 없을 것이다. 하지만 내 노하우를 여기서 모두 말할 수는 없다. 여기는 문방구 앞이고, 문방구 아저씨가 우리 이야기를 모두 들을 수 있을 만큼 가까운 거리에 서 있었기 때문이다.

동철이가 주저하는 것 같아서 귓속말로 짧게 이야기해주었다. 동철이는 아무 말 하지 않고 그저 살짝 웃기만 했다. 그런 동철이가 더 짠하고 불쌍해 보였다. 그동안 제대로 먹지도 못했는지 키도 1년 전과 크게 달라지지 않았고, 웃음기 가득하던 모습도 많이 사라졌다. 동철이 모습을 보니 공부는 해서 뭘 할 거냐는 생각이 들었다. 동철이에게도 즐거움을 찾아주고 싶었다.

"동철아, 여섯 시에 학교 운동장으로 나와야 해. 꼭이야, 꼭!"

중학교 형들과 놀이터에서 만나기로 한 약속이 있었다. 형들과의 약속 시간은 꼭 지켜야 한다. 그렇게 오늘 저녁에 학교 운동장으로 나오라고 하고 헤어졌다. 하지만 동철이는 만나기로 한 시간에 나오지 않았다. 일부러 나오지 않았는지 아니면 약속 시간을 잊어버렸는지 모르지만, 그날 동철이를 만나진 못했다. 10분 정도 기다리다가 중학교 형들이 부르는 소리에 얼른 자리를 떴기 때문이다.

처음에는 그날 나오지 않은 동철이에게 화가 났다. 자기를 생각하는 내 성의를 무시하고 즐거움을 나눠주겠다는 내 마음을 건

어찼다는 게 기분 나빴다. 하지만 이런 생각들도 중학교 형들과 함께하는 시간 속에서 금세 잊혔다. 그 이후로 동철이를 거의 보지 못했다. 쉬는 시간이나 점심시간에 한 번쯤 만날 듯도 한데 도통 볼 수 없었다. 물론 동철이 반으로 찾아갈 수도 있었지만 내 성의를 무시한 동철이에게 굳이 그렇게까지 하고 싶지는 않았다. 중학교 형들과 만나는 시간이 많아지자 학교 끝나고는 더 바빠졌다. 동철이를 따로 만날 시간을 낼 수 없을 만큼 가야 할 곳이 많았다.

중학교 형들과 함께하는 시간은 참 행복했다. 형들은 내게 물건을 훔치는 다양한 노하우를 가르쳐주었다. 이런 기술들이 하나씩 늘어갈 때마다 내 즐거움도 하나씩 늘어갔다. 학교나 집에서 느껴보지 못한 그런 즐거움과 기쁨을 얻을 수 있게 되었다.

'나도 누군가에게 이런 즐거움을 나눠줄 수 있는 멋진 사람이 되어야지. 그날을 위해 오늘도 열심히 형들에게 배워야지. 내 꿈은 바로 행복을 주는 사람이 되는 거야. 꼭 그렇게 될 거야!'

12

아직도 겨울이불이 뭐람!

| 서술자 | **매트리스**

| 등장인물 | **매트리스, 나동철, 나동철 이모**

욕이 나오는 것을 가까스로 참았다. 3월이 지나고 4
월이 지나고 5월이 넘어가는데 아직도 겨울이불이라
니! 지금까지 한 번도 경험해보지 못한 일이라 당황스
럽다 못해 성이 난다.

"날이 더운데 아직도 겨울이불이 뭐람!"

쌀쌀한 1월이 지났지만, 2월도 밤낮으로는 여전히 춥다. 그러니까 아직은 겨울이불을 덮는 걸 이해한다. 하지만 3월이 되니 조금씩 더워지기 시작한다. 더워진 바깥 공기만큼 내 몸도 더워져서 당연히 조금 얇은 이불로 바꿔줄 거라고 생각했다. 그런데 이게 뭐람. 아직도 도톰한 솜이 들어있는 겨울이불이다.

"아, 정말. 추운 겨울 지난 지가 언젠데 아직도 겨울이불이야?"

욕이 나오는 것을 가까스로 참았다. 3월이 지나고 4월이 지나고 5월이 넘어가는데 아직도 겨울이불이라니! 지금까지 한 번도 경험해보지 못한 일이라 당황스럽다 못해 성이 난다.

"나는 3월 시작하자마자 간절기 이불로 바꿨어. 3월이어도 새벽에는 추울 때가 있잖아. 너무 얇으면 자다가 감기 걸릴 수 있으니까 딱 좋은 선택인 것 같아."

"나는 바로 여름이불로 바꿨어. 혹시 몰라서 겨울이불은 옆에 두더라고. 자다가 추우면 바로 꺼내서 덮으려고 하는 것 같아."

"야, 여름 하면 모시 이불이 최고지. 요새는 새벽에도 안 추워. 그니까 이런 계절에는 모시 이불이 제격이지. 때깔 한 번 봐봐. 귀티 나지? 구멍이 솔솔 뚫려있어서 바람이 솔솔 지나간다니까!"

"근데 너는 뭐야?"

"그니까 말이야. 아직도 겨울이불을 덮고 있다니!"

"지금도 추워서 그러는 거야?"

나한테 손과 발이 있고, 또 사람들이 사용하는 돈이 있고, 사람 말도 할 수 있었다면 성큼성큼 이불 가게로 걸어가 시원한 이불 하나 달라고 했을 텐데. 이곳에 온 지 10년이 되어 간다. 내 위에서 꿀잠을 자던 아이들은 의사도 되고, 검사도 되고, 또 대기업에 들어간 이들도 수두룩하다. 그 아이들의 엄마들은 잠이 보약이라며 조금만 날씨가 더워지거나 추워지면 즉각 이불을 바꿔주었다. 그것뿐인가? 딱딱한 내 몸통에 부딪혀서 다치지 말라며 기다란 베개들까지 가져와 내 몸에 감싸주었다.

10년 동안 이렇게 귀한 대접을 받아왔다. 한 번도 춥거나 더운 적이 없었다. 내가 말하지 않아도 엄마들은 어떻게 알았는지 이것저것 챙기며 내가 최고인 것처럼 대접해줬다. 여름에는 바람 솔솔 들어오는 길고 동그란 대나무인 죽부인도 갖다 주고, 겨울에는 양털이 도톰하게 들어간 푹신한 이불도 깔아주었다.

그런데 사람들이 동철이라고 부르는 이 남자아이의 엄마는 얼굴을 본 적이 거의 없다. 올해 초까지는 그나마 듬성듬성 봤는데, 요즘은 통 보이지 않는다. 왜 안 보이는지 이유를 알 수는 없지만 그래도 이건 너무하다. 계절이 바뀌면 이불을 바꿔주는 건 너무 당연한데 아무 신경을 쓰지 않고 있다. 너무 바쁜 엄마이거나 아들에게 관심 없는 엄마이거나 그것도 아니면 이런 일에 신경 쓰고 싶지 않은 그런 무책임한 엄마일 것이다. 아들이 잠자는 곳이라면 최고로 중요한 곳이라는 사실을 동철이 엄마는 모르는 것 같다. 아들을 사랑하지 않는 엄마가 틀림없다.

아무튼 그 엄마가 어떻게 생겼는지, 아들을 사랑하는지 등은 내겐 하나도 문제가 되지 않는다. 날이 더 더워지기 전에 내 몸을 시원하게 해주었으면 좋겠다. 난 단지 내가 중요할 뿐이다. 내 스프링이 중요하고, 나를 덮고 있는 하얀 천이 무엇보다도 소중하다. 내 몸 구석구석이 이렇게 소중한데 가끔씩 내 위에서 뛰는 아이들이 있다. 한소리하고 싶지만 참는다. 괜히 이야기했다가 나 말고 다른 매트리스가 내 자리를 대신할 수도 있으니까. 스프링이 휘어지고 천이 찢어진 침대에 어떤 엄마가 자식을 재우겠는가! 그래서 나는 항상 입을 다물고 있다.

"이모, 여기가 제 방이에요."
"엄마 돌아가신 이후에 처음으로 와보는 것 같네. 그때는 이모도 경황이 없어서 엄마 물건들만 치우느라 집 안 구석구석 살펴보지 못했거든. 어디 보자. 근데 아직도 겨울이불을 덮고 있었어? 그동안 더웠겠다. 이모가 금방 가서 여름이불 사 올게."

옆에서 들려오는 이야기에 잠을 깨보니 동철이와 웬 여자가 한 명 서 있다. 아마도 동철이 엄마인가 보다. 내가 얼마나 당신에게 하고 싶은 이야기가 많았는지 소리라도 지르고 싶었다. 하지만 이게 중요한 게 아니지. 빨리 이 더운 이불을 치워달라고 말하는 게 급선무였다. 눈을 치켜뜨며 짜증과 분노가 섞인 말로 소리치려는 순간, 그 여자가 얇은 여름이불 하나를 내 몸 위에 살포시 덮어주었다. 무겁고 땀에 절어 칙칙한 냄새를 풍기던 겨울이불이 사라지니 날아갈 것만 같다. 기분이 상쾌해지고 입가에선 노래가 흥얼흥얼 흘러나온다. 이불 하나 바꿨을 뿐인데 세상을 모두 얻은 것처럼 행복하다. 진작에 이렇게 해줬다면 하는 아쉬움이 있지만, 지금이라도 바꿔주니 감사할 뿐이다.

"이모, 고마워요."
"고맙긴 뭘. 뭐, 그동안 잘 챙겨주지 못한 이모가 미안하지. 필요한 거 있으면 이모에게 전화해. 이모가 바로 올 테니까."
'뭐야, 이건. 엄마가 아니라 이모였어? 속았네, 속았어. 지금까지 동철이 엄마인 줄 알았잖아.'

이모면 어떻고 고모면 어떤가. 지금 당장 여름이불을 사 왔다는 게 중요하지. 시원한 모시 이불로 바꿨다며 자랑질하던 그놈한테 복수할 수 있다니 금세 웃음이 넘쳐흐른다. 얼마나 고대하고 기다리던 순간인지 모르겠다. 잠깐! 곰곰이 생각할수록 화가 난다. 이렇게 늦게 이불을 바꿔주면서 내게 미안하다는 말 한마디도 하지 않네? 이모라는 사람은 동철이에게만 미안하다고 한다. 그리고 눈물까지 흘린다. 지금 이게 무슨 상황인가? 정작 사과를 받고, 눈물로 사죄를 받아야 하는 사람은 바로 난데 말이다.
'저기요! 사과받을 사람은 나예요! 동철이가 아니고 바로

나! 내가 그동안 얼마나 더웠는지 알아요? 아시냐고요?'

이렇게 소리치니 마음이 한결 가벼워진다. 뭐, 마음만 가벼워
졌겠는가. 이불 하나 바꾸었을 뿐인데 마음이 즐거워지고 무언가
를 열심히 하고 싶다는 생각까지 든다. '나만 이런 마음이 들 게
아니라 동철이도 나처럼 생각해야 하는데'라는 걱정이 앞선다. 그
도 그럴 것이 지금은 여름이불로 바뀌었지만 약 4~5개월 뒤에는
다시 겨울이불로 바꿔야 한다. 만약 동철이의 마음과 생각이 바뀌
지 않고 지금처럼 산다면 분명히 겨울이 되더라도 나는 여름이불
을 덮고 있겠지?

나는 여름보다 겨울이 더 싫다. 더운 것보다 추운 게 정말 더 싫
다. 더운 건 참을 수 있어도 추운 건 도무지 참을 수가 없다. 추운
겨울에 여름이불을 덮는다는 건 한 번도 상상해본 적이 없다. 상
상이 현실이 되면 안 되는데 불안한 생각이 마음속을 떠나지 않는
다. 하지 않아도 될 고민을 하는 내 모습에 짜증이 나면서 이런 짜
증의 원인을 제공한 동철이가 미워진다. 이렇게 생각할수록 내 건
강만 나빠진다는 사실을 안다. 과도한 스트레스는 내 생명을 단축
시키고, 탄력 있는 스프링을 빨리 녹슬게 할 것이다.

'참자, 참자. 동철이를 위해서가 아니라 나를 위해서 참자.'

13

이제 잘 시간이야

| 서술자 | **꿈**

| 등장인물 | **꿈, 나동철**

동철이는 숨을 길게 한 번 내쉰 후에 동그란 손잡이를 잡고 오른쪽으로 돌렸다. 문이 열리는 소리와 함께 동철이가 방 안으로 한 발 한 발 들어갔다. 보고 싶은 사람을 직접 만나게 되면 할 이야기 많다는 걸 안다. 10분, 20분으로는 부족하다.

사람들은 매일 나와 만난다. 간혹 이틀에 한 번씩 나를 만나는 사람도 있다. 하지만 그들도 얼마 가지 않아 매일 나와 만나게 된다. 젊을 때야 밤새고 다음 날에도 일하는 게 가능하지만 30살이 넘어가면 그게 말처럼 쉽지 않다. 분명히 다음 날 아침이나 오후에는 졸기 마련이다. 잠을 잘 자지 못하는 사람들은 한눈에 알아볼 수 있다. 눈꺼풀이 반쯤 내려앉아 있고, 몸에 힘이 없으며, 조금만 집중할라치면 미간을 찌푸린다. 또 눈꺼풀이 내려왔다 다시 올라가는 시간이 평소보다 두 배 이상 오래 걸린다. 어떨 때는 내려온 눈꺼풀이 올라가지 않고, 고개가 스르르 옆으로 기울어진다. 이건 백 퍼센트 조는 것이다.

졸거나 잔다고 모두 나와 만날 수 있는 건 아니다. 너무 깊게 잠들면 만날 수 없다. 하지만 깊게 잠들지 않았다고 해서 꼭 나와 만나는 것도 아니다. 나와 만나려면 잠에서 깨어났을 때 꿈을 꾸었다는 기억이 남아있어야 한다. 깊은 잠이 아닐 때 일어나는 일이다. 이렇듯 나와 만나는 과정이 복잡해서 매일 나를 만나는 건 아무나 할 수 없다. 하지만 나를 자주 만나는 좋은 방법이 있기는 하다. 만나기를 원하는 사람, 가보고 싶은 장소, 보고 싶은 과거의 그때를 진심으로 바라면 된다. 한두 번이 아니라 매일, 잠자기 전이 아니라 매 순간 원하고 바라며 기대하는 것이다. 그러면 나와 만날 수 있게 된다.

요즘에는 이런 사람이 많지 않다. 만나고 싶은 사람이 없는지, 아니면 지금의 삶이 너무 좋아서 그런지 밤새 기다려도 우리 집 문을 노크하는 사람을 볼 수 없다. 몇 년 전만 하더라도 나를 만나기 위해 우리 집 앞에 사람들이 끝도 없이 줄을 섰다. 맛집 앞에 줄 서는 사람들처럼 한두 시간 정도가 아니라 밤 아홉 시부터 다음 날 해 뜰 때까지 기다렸다. 어떨 때는 해가 뜨고 나서도 돌아가지 않았다. 그때는 그렇게 간절한 사람이 많았는데 요즘은 나 좀 만나달라고 부탁해야 할 정도니 참으로 씁쓸하기만 하다.

"똑, 똑, 똑! 저기요. 안에 누구 있나요?"
"자, 잠시만요! 잠시만 기다리세요!"

오랜만에 들리는 노크 소리다. 새벽 1시가 넘어가는 시간이라 아무도 오지 않을 거로 생각했다. 그래서 평소처럼 잠옷만 입은 채로 소파에 늘어져 TV를 보고 있었다. 이게 웬일? 우리 집에 정말 오랜만에 사람이 찾아왔다! 후다닥 말끔한 정장으로 갈아입고 문 앞으로 뛰어갔다. 헐떡이는 숨을 잠시 고르고, 옷매무새를 한 번 더 가다듬은 후에 문을 열었다.

"안녕하세요. 저는 동철이라고 하는데요. 잠시 안에 들어가도 될까요?"
"그럼요. 안으로 들어오세요. 우리 집에 오신 걸 환영합니다."

오랜만에 방문한 사람을 만나니 몹시 흥분되었다. 나도 모르게 입술은 미소를 짓고 있었고, 눈은 반달 모양으로 변했으며, 얼굴은 발그레해졌다. 여기서 반가운 티를 내는 건 프로가 아니기에 다시 담담하게 표정을 바꾸고 손님을 집 안으로 안내했다.

"밖에 춥죠? 따뜻한 코코아 한 잔 드릴까요?"
"아, 네. 감사합니다. 그런데 만나고 싶은 사람이 한 명 있는데 그분을 만나려면 얼마를 내야 하나요? 제가 학생이라 돈이 별로 없거든요."

"돈이요? 저는 돈을 받지 않습니다. 대신 그 사람을 꼭 만나야겠다는 마음만 보여주면 됩니다."

"마음이요? 그 마음은 어떻게 보여주면 되는데요?"

"하하하, 이미 보여주셨는데요. 그래서 지금 여기 올 수 있었던 거예요."

동철이는 어리둥절한 표정으로 내 얼굴을 쳐다보았다. 내 말에 깜짝 놀랐는지 하마터면 내 얼굴에 먹고 있던 코코아를 뿜을 뻔했다. 사실 우리 집에 찾아오는 사람은 많지만, 또 그만큼 많은 사람이 우리 집이 아닌 옆집으로 가기도 한다. 그 집으로 가는 사람들은 밤새 가위에 눌리거나 귀신을 만나기도 하며, 나쁜 기억에 괴로워한다. 그래서 그 잠에서 깨면 두 번 다시 꿈을 꾸고 싶지 않다고 말한다.

'꿈길로 22-3번지'

희한하게 우리 집 주소와 옆집 주소가 같다. 주소가 같다고 시청에 몇 번이나 항의했지만, 도무지 주소를 바꿔주질 않는다. 담당자가 말하는 이유는 간단했다. 주소는 똑같아도 사람들이 알아서 잘 찾아갈 것이란다. 알아서 잘 찾아가는데 굳이 돈 들여 주소를 바꿀 필요 없으니 더이상 항의하지 말라고만 한다. 그때는 어이없었지만 지나고 보니 주소 변경 담당자 말처럼 사람들이 알아서 갔다. 우리 집에 오는 사람들은 모두 간절함이 있었다. 그 사람을 꼭 만나고 싶거나 그때로 꼭 돌아가 보고 싶어 했다. 때로는 그 장소를 다시 한번 걸어보고 싶어하기도 했다.

"저는 엄마를 만나보고 싶어요. 할 말이 많거든요."

"할 말이 있다고요? 왜 그때는 말하지 않았어요?"

"그때는 몰랐거든요. 그리고 항상 내 옆에 있을 거라고만 생각했어요. 이렇게 갑자기 떠나버릴 거라고는 상상도 못 했어요."

"음, 그래요? 엄마를 만나게 해줄 수는 있어요. 하지만 조건이 하나 있어요. 엄마의 바람을 꼭 물어봐야 해요!"

"바람이요?"

"네, 바람이요. 동철이가 앞으로 이렇게 살았으면 좋겠다는 아들에 대한 엄마의 기대? 소망? 뭐, 그런 거요. 엄마가 그 바람을 이야기하면 꼭 지켜야 해요. 그럴 수 있다고 약속한다면 엄마를 만나게 해줄 수 있어요."

"그런 거라면 염려하지 마세요. 그 약속 꼭 지킬게요."

"좋아요. 그럼 내일 이 시간에 오늘처럼 우리 집 문을 세 번 두드리세요. 그러면 제가 문을 열어줄게요. 엄마가 방에서 기다리고 있을 거예요."

동철이는 다음 날 정해진 시간에 찾아왔다. 수많은 방 중 하나로 동철이를 안내했다. 방 안에서 어떤 이야기를 나누는지는 나도 알 수 없다. 그리고 누가 방 안에 앉아있는지도 모른다. 동철이도 마찬가지다.

'나동철: 8022번'

동철이가 집 안에 들어오는 순간, 거실에 설치된 커다란 전광판에 숫자가 나타났다. 나는 그 숫자에 해당하는 방으로 동철이를 안내한다. 방 앞까지의 안내가 내 일이다. 문을 여는 것, 방 안으로 들어가는 것은 동철이의 몫이다. 어떤 사람들은 방 앞까지 안내해줘도 안으로 한참 동안 들어가지 못한다. 대부분은 주저하면서도 방 안으로 들어가지만, 어떤 이들은 울면서 집을 뛰쳐나가기도 한다. 그리곤 다시는 우리 집을 찾지 않는다. 왜 방 안으로 들어가지 않는지, 무엇이 그리 주저하게 만드는지 궁금하지만 실제로 묻지는 않는다. 그건 내 일이 아니기 때문이다. 결정은 모두 그들의 몫이고, 감내해야 할 짐이기도 하다. 우리 집까지 오는 게 그들의 결정이었듯이, 방으로 들어가는 것 역시 그들이 결정해야 한다.

8022번 방 앞에 선 동철이도 쉽사리 방 안으로 들어서지 못했다. 나는 아무 말도 하지 않고 동철이 옆에 서 있다. 5분, 10분, 시간은 흘러가지만 좀처럼 동철이는 움직이지를 않는다. 동철이만 그런 게 아니라 모든 사람이 방문 앞에 서면 한동안 생각에 잠긴다. 단지 시간의 차이만 있을 뿐이다.

"흐읍, 푸~!"
"끼익, 드르륵."

동철이는 숨을 길게 한 번 내쉰 후에 동그란 손잡이를 잡고 오른쪽으로 돌렸다. 문이 열리는 소리와 함께 동철이가 방 안으로 한 발 한 발 들어갔다. 보고 싶은 사람을 직접 만나게 되면 할 이야기 많다는 걸 안다. 10분, 20분으로는 부족하다. 1시간, 2시간, 어떨 때는 아침 해가 뜰 때까지 계속되기도 한다. 그래서 동철이가 방에 들어가는 것을 보고는 거실로 돌아왔다. 이제 소파에 편히 앉아서 기다리면 된다.

"그나저나 나와의 약속을 잊어버리지는 않았겠지? 엄마에게 꼭 물어봐야 하는데……."

14

이제 좀 치워볼까!

| 서술자 | **나동철**
| 등장인물 | **나동철**

"동철아, 엄마는 동철이가 해처럼 밝은 사람이 되었으면 좋겠어. 그래서 주위 사람들을 밝게 비추는 그런 환한 사람 말이야. 동철이 너는 꼭 그렇게 될 수 있을 거야!"

학교 끝나고 집에 돌아오면 다음 날 학교에 갈 때까지 밖에 나가지 않는다. 학교 오가는 길 외에는 다른 길로도 다니지 않는다. 항상 정해진 길로만 걷는다. 사람들의 옷차림은 어떤지, 새롭게 생긴 가게가 있는지 하나도 궁금하지 않다. 내가 걷는 이 길만 보면 되니 굳이 고개를 들고 주위를 살필 필요가 없었다.

"아, 정말. 학생! 앞을 보고 다녀야지!"
"죄송합니다."

반대편에서 걸어오는 사람들과 부딪히기 일쑤다. 너무 천천히 걸어가는 바람에 짜증 섞인 표정을 하며 나를 밀치고 지나가는 사람들도 있다. 사람들이 내뱉는 짧은 단어들에서 그들의 불편한 감정이 나타난다. 하지만 별로 신경 쓰이지 않는다. 한 번 스쳐 지나갈 사람들의 말과 행동까지 내 마음에 담아둘 필요는 없다. 그게 아니라도 머리가 터질 정도다. 생각이 많다 못해 곧 있으면 화산이 폭발하는 것처럼 쏟아져 나올 참이다.

생각이라는 게 참 재미있다. 생각이라는 것을 하기 시작하면 꼬리에 꼬리를 물며 끝도 없이 이어진다. 웃긴 건 좋은 생각들은 이렇게까지 길게 꼬리를 물지 않는다는 거다. 내 머릿속을 복잡하게 하는 것들은 대부분 좋지 않고 부정적이며 불행한 생각들이다. 끊어버리고 싶어도 쉽지 않다.

"야, 그 정도로 뭘 그러냐?"

"네가 마음이 약해서 그런 거잖아. 마음을 강하게 먹어야지."

"다들 잘 이겨내는데 넌 왜 그 모양이야?"

나에 대해 잘 모르는 사람들이 한마디씩 던지는 말 하나하나가 가슴에 사정없이 꽂힌다. 나는 아직 가슴에 꽂혀있는 화살을 다 뽑지도 못했는데 그들은 이미 사라지고 없다. 화내며 따지고 소리라도 질러야 마음에 새겨진 상처가 조금이나마 나을 것 같은데 따질 대상이 아예 사라져버린 것이다. 가슴의 상처보다 이 상황이 더 억울하다. 어떻게 해야 할지 잘 모르겠다. 무엇부터 시작해야 마음에 있던 상처를 치료할 수 있을지 도통 알 수가 없다. 마음속에 원래부터 가지고 있던 상처가 아물지도 않았는데, 사람들이 쏜 화살이 그 위에 박힌 꼴이다. 눈물 나지만 아무도 알아주지 않으니 울고 싶지도 않다. 어깨를 토닥여주고 안아주는 사람이 있어야 울 맛도 나지. 나 혼자 울고 나 혼자 눈물 닦고 나 혼자 마음을 추슬러야 하는 게 너무 비참하다.

'눈물을 뚝 그쳐야지. 눈물을 나에게 보이지 말아야지.'

집에 있는 동안 벽에 기대어 앉아 곰곰이 생각했다. 어떻게 하면 여기에서 벗어날 수 있을까? 어떻게 하면 상처가 곪지 않고 깨끗하게 나을 수 있을까? 수학문제처럼 답이 딱하고 나오면 좋은데 도무지 정확한 답이 떠오르지 않는다. 하지만 괜찮다, 생각할 시간은 많으니까.

옛날에 엄마가 구멍가게에서 팔던 토큰이 생각난다. 엄마는 그날 팔 토큰을 미리 준비했다. 저녁에 가게에 가보면 아침에 그리 많았던 토큰들이 얼마 남지 않았다. 그리고 다음 날 아침에는 다시 어제 아침에 있던 것만큼의 토큰이 서랍 속을 가득 채우고 있었다. 분명히 사라졌는데 다시 꽉꽉 채워진 토큰. 내 마음의 상처도 토큰과 같지 않을까? 사라지고 치료됐다고 생각했는데, 다음 날이 되면 다시 찢어지고 갈라지고 덧나 있었다. 엄마가 구멍가게를 그만두는 날까지 사라지지 않았던 토큰처럼 내 삶이 끝나는 순간까지 마음에 새겨진 상처는 사라지지 않을 것만 같았다.

또 부정적인 생각들이 꼬리를 물며 이어진다. 이럴 때는 항상 웃는 용현이가 생각난다. 용현이도 용현이 나름대로 힘들고 고민되는 것들이 있었을 것이다. 말을 하지 않아 몰랐을 뿐 분명히 힘든 날들을 보냈을 것이다. 이런 용현이를 사람들은 꾸준히 챙겨주고 관심을 두며 도와주었다. 나도 사람들로부터 관심받고 싶다. 챙김을 받고 싶다. 그래서 더욱 용현이가 부럽다. 역시 생각을 거듭하다 보면 생각이 이상해진다. 이럴 때는 말하지 않고 입을 꾹 다물고 있어야 한다. 입을 여는 순간 말 같지 않은 말이 나오거나, 내게 상처를 주는 말이 나오거나, 혹은 남에게 상처를 주는 말이 나온다.

천장을 쳐다보니 전등이 깜빡이고 있다. 2주일 전부터 깜빡이고 있었다. 처음에는 불편하더니 이제는 적응이 되었다. 전등 나름대로 어떻게든 생명을 이어가려고 노력하는 것처럼 보여 안쓰럽다. 어떻게든 하루하루 버텨나가는 내 모습처럼 보여서 전등을 새것으로 바꾸지 않았다. 전등은 새것으로 바꿀 수 있지만 나는 새것으로 바꿀 수 없다는 것을 알기에 깜빡이는 전등을 그대로 두었다.

방구석에 앉아 멍하게 쳐다보는 눈앞에 TV가 혼자서 떠들고 있다. 스르륵, 바퀴벌레 두 마리가 경주하듯 경쾌하게 뛰어다닌다. 바퀴벌레를 유심히 쳐다본다. 바퀴벌레들이 사람을 보면 화들짝 놀라서 도망가야 하는데 애들은 아랑곳하지 않는다. 분명히 나를 봤을 텐데. 이런 바퀴벌레를 보고 있노라니 화가 난다. 바퀴벌레한테까지 무시당하는 내게 화가 난다.

"어떡하지? 어떻게 해야 하나?"

또 한참을 생각한다. 생각할 시간이 많아서 그나마 다행이다. 생각하고 생각하다 보니 어느새 날이 밝아온다. 아직 답을 찾지 못했는데 아침이 되어버렸다.

아침,
아침,
아침…….

매일 보는 아침인데 오늘따라 다르게 보인다. 문득 해처럼 나도 밝아지고 싶다는 생각이 들었다. 꼭 엄마가 나에게 해주는 말처럼 느껴졌다.

"동철아, 엄마는 동철이가 해처럼 밝은 사람이 되었으면 좋겠어. 그래서 주위 사람들을 밝게 비추는 그런 환한 사람 말이야. 동철이 너는 꼭 그렇게 될 수 있을 거야!"

'어떻게 하면 나도 해처럼 밝아질 수 있을까?'

거실 한쪽 구석에 처박혀 있는 빗자루를 찾았다. 빗자루를 찾는 데 한참이 걸렸다. 그동안 빗자루를 사용할 일이 없었으니까. 사실 집에 있는지도 몰랐다. 내가 찾았지만 왠지 빗자루가 나를 찾아온 것만 같았다. 먼저 내가 앉아있던 자리부터 쓸었다. 쓰레기가 한가득하다. 바닥에 눌어붙은 자국은 빗자루질로도 지워지질 않는다. 손톱에 힘을 주고 긁어내지만 뜯어지지도 않는다. 그래도 내가 있던 자리에 있는 쓰레기를 쓸었다. 오랜만에 느껴보는 상쾌한 기분이다. 물론, 누가 보면 방금 청소했는지 안 했는지 구분할 수 없을 정도로 그대로다. 하지만 빗자루로 쓰레기를 쓸었다는 걸 나는 알고 있다. 나는 빗자루를 찾았고, 몸을 움직여 빗자루질을 했으며, 쓰레기를 한데 모아 쓰레기통에 담았다. 아무것도 아니지만 그래도 시작은 했다.

시작했으니 언젠가는 끝이 보일 것이다. 끝이 언제일지는 나도 잘 모른다. 중간에 포기할 수도 있겠지. 하지만 한 번 시작했다는 경험은 내 가슴속에 남아있다. 오늘은 내 자리만 빗자루로 쓸었으니, 내일은 조금 더 범위를 넓혀서 TV 앞까지 쓸어야지. 모레는 옷장 옆까지 쓸고, 사흘 후에는 밥솥 앞까지, 나흘 후에는 화장실 앞까지 쓸어야지. 그러다 보면 언젠가는 집 안 모든 곳을 빗자루로 쓸 수 있지 않을까?

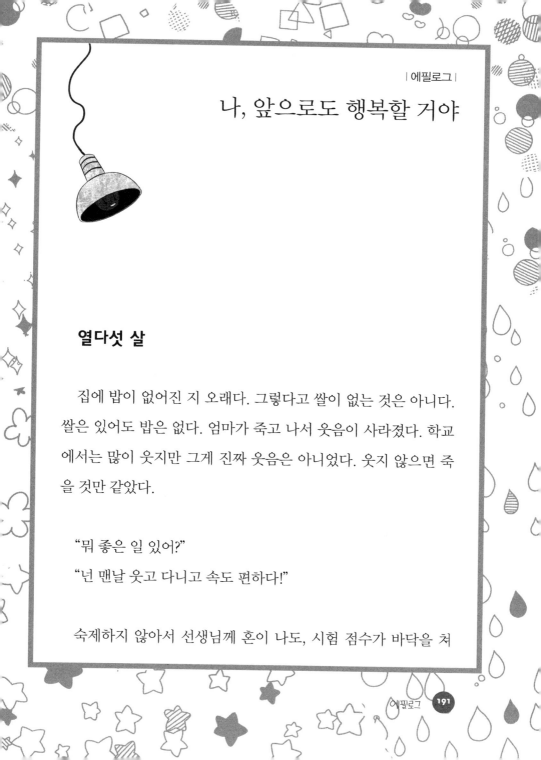

나, 앞으로도 행복할 거야

열다섯 살

집에 밥이 없어진 지 오래다. 그렇다고 쌀이 없는 것은 아니다. 쌀은 있어도 밥은 없다. 엄마가 죽고 나서 웃음이 사라졌다. 학교에서는 많이 웃지만 그게 진짜 웃음은 아니었다. 웃지 않으면 죽을 것만 같았다.

"뭐 좋은 일 있어?"
"넌 맨날 웃고 다니고 속도 편하다!"

숙제하지 않아서 선생님께 혼이 나도, 시험 점수가 바닥을 쳐도 웃었다. 어차피 집에서는 웃을 일이 없으니 학교에 있을 때만 이라도 웃고 싶었다. 그런 나를 보고 친구들은 긍정적이라고 좋아했다. 물론 친구들은 내가 부모님 없이 형이랑 코딱지만 한 집에서 살고 있는지 모른다. 친구들은 부모님이 해준 따뜻한 밥을 먹지만, 나는 매일 라면만 먹는 것도 모른다. 친구들은 매일 부모님이 깨끗하게 빨아주는 옷을 입고 학교에 오지만, 나는 그 일을 모두 내가 한다는 것도 친구들은 알지 못한다.

나는 도움을 받아야 하는 불쌍한 아이가 되고 싶지 않았다. 그래서 더 많이 웃고, 더 장난을 치고, 더 활발하게 학교생활을 했다. 학교에 있을 때만큼은 나도 다른 친구들처럼 평범한 가정에서 평범한 하루를 살아가는 그런 존재였다. 학교에서는 따뜻한 밥을 먹을 수 있었고, 함께 웃을 친구가 있었고, 나를 따뜻하게 대해주는 선생님이 있었다.

삶은 힘들었지만, 마음은 행복했다.

스무 살

　먼저 죽은 엄마, 아빠 때문에 두 손자가 잘못된 길로 빠질까 봐 노심초사하던 외할머니, 불편한 다리로 먼 길을 걸어오셔서 살림살이를 챙기시던 외할머니가 돌아가셨다.

　형은 지금보다 더 많은 돈을 벌 수 있는 직장을 찾아 떠났다. 이제 내가 대학생이 됐으니 큰 걱정 없이 다른 지역으로 갈 수 있다고 했다. 물론 같은 집에 산다고 형을 많이 볼 수 있었던 건 아니었다. 형은 내가 잠든 늦은 시간에 집에 들어왔고, 내가 일어나는 아침에는 잠들어 있었다. 그래서 별로 형과 마주할 시간이 없었다. 하지만 같은 공간에 있다는 그 자체만으로도 내게는 큰 위안이 되었다. 내게도 가족이 있다는 사실은 하루하루를 버텨낼 수 있는 힘이었다. 형이 직장을 옮기고 나서부터 이 집은 고요함 그 자체로 변했다.

　그래도 외할머니께서 계셔서 집에 가면 사람 사는 냄새가 났다. 학교에서 돌아오면 외할머니가 만들어준 된장찌개가 나를 기다리곤 했다. 엄마 손맛이 그대로 나는 된장찌개를 맛볼 수 있었다. 엄마, 아빠는 내 옆에 없지만 그래도 이렇게 나를 챙겨주는 가족이 있다는 것만으로도 위안이 되었다. 하지만 이제는 학교 끝나고 집에 돌아와도 집 안은 그대로다. 누군가 다녀간 흔적을 느낄 수 없었다. 나를 챙겨주는 가족이 또 한 명 그렇게 내 곁을 떠났다.

남들은 다 있는 가족이 왜 나만 없냐고, 한 명 남은 외할머니까지 왜 데려가냐고 하늘에 대고 막 소리쳤다. 세상이 너무 미웠다. 한동안 집에서 나오지 않던 내가 걱정되었는지 친구들이 집으로 찾아왔다. 하루, 이틀, 사흘, 친구들은 매일 집으로 찾아와 같이 이야기하고, 함께 밥을 먹으며 내 마음을 위로했다.

삶은 힘들었지만, 마음은 행복했다.

스물여덟

군대를 다녀오고 취업을 하기 위해 부단히 노력했다. 하지만 연거푸 시험에 떨어졌다. 처음이니까 두 번째는 붙을 수 있을 거야. 두 번째 떨어졌을 때는 이제 방법을 알았으니까 세 번째는 붙을 수 있을 거야. 세 번째 떨어졌을 때는 네 번째가 마지막이라는 생각으로 공부했다. 하지만 네 번째도 떨어졌다.

내가 선택한 길에 대한 회의감이 들었다. 이 길이 내 길이 아니라는 후회도 들었다. 나에 대한 원망과 함께 먼저 시험에 합격한 친구들의 모습이 나와 비교되었다. 한없이 초라했고, 친구들이 부러웠으며, 내 삶이 서글펐다. 한없이 내 모습이 작아지고 있을 때 몽골이라는 한 번도 경험하지 않은 나라에서 일할 기회가 생겼다. 설렘보다 두려움이 많았지만, 현실이 너무 힘들어서 멀리 도망가고 싶었다.

1년간 몽골 생활을 하고 한국에 다시 돌아왔을 때, 내 주변의 많은 것들이 바뀔 것이라고는 생각하지 않는다. 여전히 내 삶은 1년 전처럼 힘들 것이다. 나는 그대로 있을 테지만 세상은 나보다 1년 먼저 앞서가 있을 터였다. 불안함과 초조함, 걱정은 사라지지 않고 내 주위에 그대로 남아있겠지. 걱정은 하면 할수록 더 커졌다. 그래서 그냥 떠나기로 했다.

몽골에서의 삶은 녹록하지 않았다. 몽골에 도착한 지 얼마 되지 않아 한국에서도 가보지 않은 경찰서에 끌려가기도 하고, 버스에서 술 취한 사람에게 맞기도 하고, 저녁에 길을 가다 여러 사람에게 둘러싸여 위협을 받기도 했다. 그래도 같은 꿈을 향해 가고 있는 동료들의 삶을 보며 내 미래에 대해 다시 생각할 수 있었다. TV도 없고, 인터넷도 없고, 만날 친구도 없는 일상은 내 삶에 대해 돌이켜볼 수 있는 황금 같은 시간을 주었다.

삶은 힘들었지만, 마음은 행복했다.

서른셋

　나동철, 어느덧 결혼하고 한 가정의 가장이 되었다. 그리고 한 아들의 아버지가 되었다. 직장까지 가기 위해 매일 아침 고속도로를 한 시간 이상 운전해야 하는 피곤함으로 하루를 시작한다. 아기가 밤에 계속 잠을 깨며 칭얼대는 바람에 벌써 몇 달이나 제대로 푹 자지 못했다. 매년 인상되는 전셋값을 생각하면 매달 들어오는 수입에 민감해지고, 그럭저럭 빠듯하게 다음 달 월급날까지 살아가고 있다.

　그래도 스물여덟 살에 그토록 고민하고 원하던 직장이 생겼다. 스물에, 열셋에, 그리고 더 이전에 나를 지켜주던 가족이 한 명씩 내 곁을 떠났지만 이제 아내와 아들이 생겼다. 지금까지 힘들었던 것들을 모두 보상받은 기분이다. 물론, 내일 눈 뜨면 또 허겁지겁 아침밥을 먹고 오래된 중고차를 타고 직장으로 가야 한다. 윗사람 눈치도 봐야 하고, 고객들 비위를 맞추며 하루를 버텨야 한다. 밥 한 숟가락 들라치면 걸려오는 전화를 받아야 하고, 불평을 쏟아놓는 사람들에게 연거푸 미안하다고 해야 한다. 그러다 보면 어느덧 해가 지고 퇴근 시간이 된다. 오늘은 야근이 없다는 것에 감사하며, 내 오랜 친구인 중고차의 시동을 건다.

여전히 삶은 힘들지만,

그래도 돌아갈 집이 있고

맞아줄 가족이 있기에 마음은 행복하다.

그리고 10년 후, 마흔셋

내 나이 마흔셋이 되면 어떤 일이 펼쳐질지 두렵기도, 기대되기도 한다. 앞으로의 삶도 그리 평탄치 않을 수도 있다. 많은 사람이 내 곁을 떠나갔고, 눈물이 마를 때까지 울었고, 한없이 하늘을 원망했으며, 계속되는 실패로 내 모습이 너무 초라할 때가 한두 번이 아니었다.

그래도 그때마다 누군가는 내 곁에 있어 주었다. 그들은 내게 작은 도움의 손길을 주었지만, 그 작은 손길이 나를 어려움과 두려움에서 구해주었다. 10년 후에 내 삶이 어떻게 달라질지는 아무도 모른다. 힘든 일이 생기더라도 그때는 그때 나름대로 살아갈 것이며, 그 사이사이 즐거워 웃기도 하고, 행복해하며 춤을 추기도 할 것이다.

직장에서 지금보다 조금 더 높은 위치에 올라간다면 더 열심히 해내야 할 것이다. 동료들을 챙기고, 좋은 아빠가 되기 위해 아이와 함께 시간을 보내고, 집을 장만하기 위해 더 아끼며 더 열심히 돈을 벌어야 한다. 지금 예상하지도 못한 일들이 아마 나를 힘들게 할지도 모른다. 그러나 10년 후 마흔셋의 나도 이렇게 쓸 수 있기를 바란다.

'마흔셋, 삶은 힘들지만 그래도 여전히 마음은 행복하다.

하루하루 최선을 다하고 지금 내게 맡겨진 일에 감사하며

마음을 나눌 수 있는 가족이 있음을 소중하게 여긴다면,

다음 10년 후에도 행복할 것이라 믿는다.

어린 시절, 동철이가 하루하루를 버티며 살아갔던 것처럼 말이다.'

[십대들의 힐링캠프®] 시리즈는 대한민국 10대들의 삶을 담은 소설입니다!

No.01 박기복 글
나는 밥 먹으러 학교에 간다

No.02 박기복 글
일부러 한 거짓말은 아니었어

No.03 박기복 글
우리 학교에 마녀가 있다

No.04 박기복 글
소녀, 사랑에 말을 걸다

No.05 박기복 글
소년 프로파일러와 죽음의 교실

No.06 박기복 글
동양고전 철학자들, 셜록 홈즈가 되다

No.07 이서윤 글
수상한 고물상, 행복을 팝니다

No.08 박기복 글
뉴턴 살인미수 사건과 과학의 탄생

No.09 박기복 글
신화 사냥꾼과 비밀의 세계

No.10 박기복 글
내 꿈은 9급 공무원

No.13 박기복 글
토론의 여왕과 사춘기 로맨스

No.14 박기복 글
사랑해 불량아들, 미안해 꼰대아빠

No.15 박기복 글
떡볶이를 두고, 방정식을 먹다

No.16 박기복 글
수상한 기숙사의 치킨게임

No.17 박기복 글
소년 프로파일러와 여중생 실종사건

No.18 이선이 글
난 밥 먹다가도 화가 난다

No.19 박기복 글
라면 먹고 힘내

No.20 박기복 글
빅데이터 소년과 여중생 김효정

No.21 박기복 글
고양이 미르의 자존감 선물

No.22 박기복 글
수상한 과학실, 빵을 탐하다

No.23 박기복 글
수상한 학교, 평등을 팝니다

No.24 이선이 글
수상한 여중생들의 진실게임

No.25 박기복 글
수상한 유튜버, 호기심을 팝니다

No.26 김영권 글
수상한 선감학원과 삐에로의 눈물

No.27 박기복 글
수상한 휴대폰, 학생자치법정에 서다

[십대들의 힐링캠프®] 시리즈는 대한민국 10대들의 삶을 담은 소설입니다!

No.28 이마리 글
대장간 소녀와 수상한 추격자들

No.29 박기복 글
수상한 중학생들의 착한 연대

No.30 조욱 글
수상한 안경점

No.31 박기복 글
소년 프로파일러와 기숙학원 테러사건

No.32 박기복 글
수상한 소년들 난민과 통하다

No.33 이마리 글
동학 소년과 녹두꽃

No.34 김영권 글
수상한 형제복지원과 비밀결사대

No.35 애란 글
수상한 연애담

No.36 박기복 글
달콤한 파자마파티, 비밀은 없다

No.37 박기복 글
촛불소녀, 청년 전태일을 만나다

No.38 표혜빈 글
수상한 상담실, 비밀을 부탁해

No.39 김수정 글
감정을 파는 소년

No.40 박기복 글
수학탐정단과 메타버스 실종사건

No.41 조욱 글
수상한 회장선거

No.42 박기복 글
수학탐정단과 도형의 개념

No.43 김영권 글
소년 비밀요원과 공동경비구역

No.44 전상현 글
수상한 친구들

No.45 박기복 글
수학탐정단과 방정식의 개념

No.46 이마리 글
소년 독립군과 한글학교

No.47 김애란 글
꿈 찾기 게임

No.48 박기복 글
수학탐정단과 피타고라스

No.49 이서윤 글
내 꿈은 선생님

No.50 표혜빈 글
수상한 마음수리점

No.51 이선이 글
연애 중♥ 오늘부터 1일

No.52 이소희 글
수상한 인스타그램 : 비밀정에 초대할게요